阅读
无障碍本

古典名著犹如世代相传的火种，它点亮了人类的智慧和情感。
古典名著阅读无障碍本，是通过我们对古典名著的解读、注音、注释、翻译等，让广大的一般读者在阅读过程中，减少一些学习古代经典的障碍，让其在较短的时间里穿透深邃的历史时空，和古人的心灵相接、相励！

浮生六记

【清】沈复 著
向梅林 校注

岳麓書社·长沙

图书在版编目(CIP)数据

浮生六记/(清)沈复著;向梅林校注. —长沙:岳麓书社,2011.10(2022.10重印)

(古典名著阅读无障碍本)

ISBN 978-7-80761-708-2

Ⅰ.①浮… Ⅱ.①沈…②向… Ⅲ.①古典散文—作品集—中国—清代②浮生六记—注释③浮生六记—译文Ⅳ.①I264.9

中国版本图书馆CIP数据核字(2011)第175306号

FUSHENGLIUJI

浮生六记

校　注:向梅林

责任编辑:彭卫才

封面设计:吴颖辉

岳麓书社出版发行

地址:湖南省长沙市爱民路47号

直销电话:0731-88804152　0731-88885616

邮编:410006

版次:2011年10月第1版

印次:2022年10月第11次印刷

开本:890mm×1240mm　1/32

印张:5.5

字数:120千字

印数:72 001—75 000

ISBN 978-7-80761-708-2

定价:25.80元

承印:廊坊市博林印务有限公司

如有印装质量问题,请与本社印务部联系

电话:0731-88884129

目　录

导 言

人之一生，福兮祸兮，幸或不幸，难以评说。诸如沈复，生于乾隆盛世，养在衣冠之家，长在姑苏古城，酷好诗书丹青，性喜丘壑林霞，但却习幕不成，从商不成，终身布衣，一世潦倒，此可谓大不幸耶？但沈复却以一部随意点染的闲书《浮生六记》使古代雅士乐道赏玩，使现代小资黯然泪落、顶礼膜拜，拥有了难以数计的“浮迷”，此又可谓大幸也！

幸与不幸乃后人评说，于沈复而言，“事如春梦了无痕”，漫长的人生于指缝间悄无声息地滑过，到头来不免白头之叹。于是便要追忆，便要遥想，在遥想与追忆中获得一种心灵的补偿。这才是沈复的心结，也是《浮生六记》的旨趣，所以其书名便直接化用李白“浮生若梦，为欢几何”的语句，以突显追怀往事之意趣。

大概人生总是难以圆满，总要抛下诸多遗憾，或云横秦岭，雪拥南关；或江湖夜雨，断雁西风；或人面桃花，失之交臂；或山盟虽在，锦书难托……于是，人们便用追忆抚舔伤痕，试图用追忆填平“时间、消逝和记忆的鸿沟”，“填补围绕在残存碎片四周的空白”（斯蒂芬·欧文：《追忆——中国古典文学中的往事再现》）。追忆是对往事的回想，经历了时间的汰选和心灵的孵化，实质上构成了对往事的超越。无论往事多么不堪，多么苦楚，在深情地追忆中，都会如一缕青烟、一泓清泉、一段清梦，缥缈恍

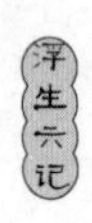

惚，让人感怀和陶醉，人们便在追忆中获得了生命的重温和超越。这是《浮生六记》最大的艺术魅力，也是其让当代小资赏之乐之而难以释卷的主要原因。

最值得追忆的当然是沈复的妻子芸——那个被林语堂称之为“中国文学上一个最可爱的女人”，沈复把它放在首卷，足见其良苦用心。清代的张潮在《幽梦影》中说：“所谓美人者，以花为貌，以鸟为声，以月为神，以柳为态，以玉为骨，以冰雪为肌肤，以秋水为姿，以诗词为心。”美丽是对体态容貌的审视，可爱是对气质风神的品鉴，芸的特性是可爱，自然就比美丽多出一种灵慧和神韵。试看：“一身素淡”，何其闲雅；口授成诵，何其颖慧；“顾盼神飞”，何其缠绵；“暗牵余袖”，何其体贴；“暖尖滑腻”，何其温婉；太湖纵目，何其阔达；女扮男装，何其豪迈。再看看《红楼梦》大观园中的众女儿，虽然风华绝代、光艳照人，但却都有明显的缺点。比如：黛玉尖刻，宝钗世故、探春峻急、湘云粗疏、妙玉清高而不食人间烟火。与之相比，芸比黛玉柔和，比宝钗纯净，比探春体贴，比湘云精明，比妙玉多一份人间烟火。完全可以说，芸集各类女性优点于一身，成为真正的大众情人，能满足各个层面读者的情感需求：可以为红颜知己，可以为浪漫情人，更可以为贤妻良母居家过日子。但就是这样一个最可爱的大众情人，却不料中道撒手人寰，空留下痛泪两行，孤灯一盏，长恨一世，这不仅令沈复寸心欲碎，更令读者诸君扼腕感叹红颜薄命，造化弄人。从某种意义上来说，芸是情感的杀手锏，正是芸的可爱和可爱的殒灭将读者轰然击倒，使其怀揣一颗破碎的心去感怀沉吟。

《浮生六记》的另一大魅力是他的幽闲之趣。《浮生六记》从不板着面孔说教，不传道授业解惑，没有仕途功利，更没有匡救天下的政治豪情，只是一本养眼养心的闲书而已。放在枕边案头，闲来无事，信意浏览，松弛紧张的神经，获得心性的舒展。那是怎样的一对烟火神仙啊！赏尽宇宙间无边风月，在幽闲中获得一身清气，一片灵心。那是怎样的一种诗化人生啊！“夏蚊成雷，私拟作群鹤舞空”“卵为蚯蚓所哈”的童趣，令人喷饭；李杜优劣的讨论、卤虾瓜与臭腐乳的调笑，令人会心；沧浪观月、太湖听涛、水仙庙赏花的情景，令人神往；有关盆玩与插花甚或静室熏香的妙想，令人击节；“长夏无事，考对为会”的日常游戏，令人赞叹！这真正称得上海德格尔所说的“诗意的栖居”。诗意充盈于沈复夫妇生活的每个角落，成为生活的一种况味，一种境界。只要沈复夫妇稍一动作，便会弹响诗意的琴弦，即使生活中一个小小的设计，诸如“梅花盒”“活花屏”“荷花茶”，无一不体现出诗意的妙想。现代人奔走于红尘的热浪之中，早已疏离了幽闲之趣，脑际闪过的全是事业、功名、责任等严肃而崇高的概念，精神高度紧张。读《浮生六记》，会觉得神清气爽，身心得到完全放松，会突然领悟到，原来幽闲才是有益身心的人生境界。

人们爱赏《浮生六记》，还因为它是疏朗简约、生动俊逸的美文。对于《浮生六记》的语言，古今读者无不推崇备至、“阅而心醉”，即使把《浮生六记》斥为香艳小说的道学家也概莫能外。究其根源，《浮生六记》的语言，印着姑苏古城的文化底蕴，透着江南才子的精神气质，裹着追忆往事的朦胧面纱，自然而又精致，疏淡而又玲珑，从容而又典雅，简约而又丰韵，真正拿捏到了疏密浓淡的命门。俞平伯先生对此颇有心得：

> 即如这书，说它是信笔写出的，固然不像；说它是精心结撰的，又何以见得？这总是一半儿做着，一半儿写着的；虽有雕琢一样的完美，却不见一点斧凿痕。犹之佳山佳水，

明明是天开的图画，然仿佛处处吻合人工的意匠。

的确，《浮生六记》的语言不对称，不规整，不板滞，有虚白，精心结构而又随心所欲，刻意雕琢而又雅近天然，就如同找到了淡妆浓抹的黄金分割点，正所谓“增之一分则太长、减之一分则太短。著粉则太白、施朱则太赤”，无论是叙事、写景、抒情都无不恰到好处。如此美文，读者自然沉酣其中而流连忘返——如品香茗、如饮佳酿、如沐春风。

有些遗憾的是，如此天然妙品的《浮生六记》，其出身来历却难以明辨，有关《浮生六记》的残本、足本以及足本的真伪属性尚无定论。《浮生六记》原书共六卷，并附有管贻萼为每卷所题的绝句六首，可惜早已湮灭不闻。流传可见的《浮生六记》的最早版本即《独悟庵丛钞》本，此为杨引传于1877年在冷摊上购得，仅剩前四卷，后二卷亡佚。此后有1907年黄摩西的《雁来红丛报》转载本，1924年俞平伯点校的霜枫丛书本，皆是残本。1935年上海世界书局出版的《美化文学名著丛刊》中收入足本《浮生六记》，并附有朱剑芒的《〈浮生六记〉校读后附记》和赵苕狂的《〈浮生六记〉考》，介绍了王均卿发现足本《浮生六记》的始末，论证了足本《浮生六记》的可靠性。但据历代学者考证，后二卷“中山记历”和“养生记道”系伪作，乃好事者从曾国藩、李鼎元、张英等著作中摘抄拼凑而成。其实无须考证，但凡有点文字修养的，只要比较一下前四记与后二记的文字优劣，结果不辨自明。无论是性情之挥洒，文字之神韵，与前四记都相差甚远。此次点校注释，以《美化文学名著丛刊》中的足本《浮生六记》为底本，再参考俞平伯霜枫丛书本。之所以选择足本《浮生六记》，意在尽可能多地提供文本资料，满足普通读者追求完满的愿望，而研究者则可以去粗取精、去伪存真。

有关《浮生六记》的注释，力求准确、简洁、清晰。文中重复出现的词语，除第一次作注外，不再一一重复注释，其目的是减少阅读中的繁琐和羁绊，使注释既有利于读者阅读，又不至于成为读者的眼障。至于每一记的导读，是编注者与文本对话时的真实感受，若有幸引起读者的共鸣，那是编注者的荣耀，若不小心拂了读者诸君的意，还望一笑置之。

《浮生六记》虽是一本小书，但其要在于个人心性之把玩。读者诸君若能在阅读中陶冶情致，获得心性的颐养，则沈复幸甚，编注者幸甚，读者幸甚！

向梅林

辛卯仲夏于长沙月湖

卷一

闺房记乐

导读

闺房之乐是人生所有乐趣中最本源、最神秘、最感性、最销魂的快乐，也是最难以言说的快乐。里巷之人言之，则未免帐摆流苏、被翻红浪而堕入恶趣；冬烘先生言之，则未免红袖添香、举案齐眉而流于干瘪，更多的人则干脆以妙不可言相搪塞，留下一脸尴尬或一脸坏笑让人去揣度。沈复毕竟不是俗骨凡胎，敢于言人所难言之闺房之乐，而且放在卷首，而且言说得那般出色——痴情得让人融化，微妙得让人沉思，纯净得不留一点渣滓。

沈复之所以把闺房之乐记叙得如此神妙，与其说是因为他的生花妙笔，倒不如说是因为他拥有一位可爱的闺中人。沈复的妻子芸的确太可爱了，完全够得上张潮所谓“以花为貌，以鸟为声，以月为神，以柳为态，以玉为骨，以冰雪为肌肤，以秋水为姿，以诗词为心”的美人标准，也真正是林语堂所说的“中国文学上一个最可爱的女人”，惟其可爱，芸就比一般的美丽多了一种襟怀、一种灵慧、一种神韵。试看：“一身素淡”，何其闲雅；口授成诵，何其颖慧；“顾盼神飞”，何其缠绵；“暗牵余袖”，何其体贴；“暖尖滑腻”，何其温婉；太湖纵目，何其阔达；女扮男装，何其豪迈。与《红楼梦》大观园中的女儿相比，芸比黛玉柔和，比宝钗淡雅，比探春体贴，比湘云豪爽，比妙玉多一份人间烟火；与当今时尚女郎相比，芸多了一份内涵，一份古雅，一份矜持。试想，闺房中有如此一位最可爱的女子，闺房之乐岂不妙哉！

沈复的“闺房记乐”其实就是最可爱的芸举手投足、顾盼言笑留下的痕迹和韵律，是芸之襟怀、灵慧、神韵的自然流露。就大关目而言，有合卺时“暗于案下握其腕，暖尖滑腻，胸中不觉怦怦作跳”的形神融合；有沧浪亭消夏，“课书论古，品月评花”的人间之乐；有中秋赏月，“风生袖底，月到波心”之尘怀顿释的爽然；有金母桥灌园，持螯赏菊的秋兴；有纵目太湖，“见天地之宽，不虚此生”的浩叹；有万年桥豪饮，酩酊大醉，误传为妓的佳话。就小细节而论，有夜读《西厢》的忘情与掩饰；有观戏的肠断与称快；有李杜优劣的高妙之论；有各执“愿生生世世为夫妇”朱白图章“以为往来书信之用”的痴情之举；有“白字连篇”“香中小人”的调笑之语，有“臭乳腐”与“虾卤瓜”的打情骂俏。所有这一切，无不流露出芸的可爱，无一不是芸之可爱的自然展现。

世界上没有完人，芸也有小恙微疵，如“迂阔多礼”，看公婆脸色行事，为丈夫物色小妾，但这并不影响芸的可爱，反倒觉得真实亲切，可触可感，多了一份人间烟火，更加凸显其可爱，让人更生崇敬与怜爱之心。这大概便是美的辩证法，脂砚斋所谓“天生美人方有一陋处”，用在芸身上，再恰当不过。

当然，作为完整的闺房风景，沈复与芸的声气相连、心曲相通、志趣相投也不可忽视，换言之，可爱也要有人鉴赏。正因为彼此二人的相互鉴赏，沈复和芸，是平常夫妻，是才子佳人，是倾心知己，是浪漫情人，这种彼此谐和的多重关系，构成了闺房之乐的生动性和丰富性，孕生为闺房之乐的今古奇观，引无数今人钦羡感叹。尤其在当今物欲横流，爱情婚姻弱不禁风的日子里，沈复的闺房风景显得尤为珍贵。

余生乾隆癸未冬十一月二十有二日[①]，正值太平盛世，且

在衣冠之家[②]，居苏州沧浪亭畔[③]，天之厚我，可谓至矣。东坡云“事如春梦了无痕”[④]，苟不记之笔墨，未免有辜彼苍之厚[⑤]。因思《关雎》冠三百篇之首[⑥]，故列夫妇于首卷，余以次递及焉[⑦]。所愧少年失学，稍识之无[⑧]，不过记其实情实事而已。若必考订其文法，是责明于垢鉴矣。

注释

①乾隆癸未：乾隆二十八年，公元1763年。

②衣冠之家：官绅世家。

③沧浪亭：苏州名园之一。原为五代吴越广陵王钱元璙的花园，北宋诗人苏舜钦在园内建沧浪亭，后遂以亭名园。

④事如春梦了无痕：语出苏轼诗作《正月二十日与潘、郭二生出郊寻春，忽记去年是日同至女王城作诗，乃和前韵》：“人似秋鸿来有信，事如春梦了无痕。”

⑤彼苍：苍天。

⑥因思《关雎》冠三百篇之首：“三百篇”即《诗经》代称，《关雎》是《诗经》的首篇。《诗序》认为《关雎》乃颂扬“后妃之德”，现代学者多认为乃男女相悦之作。沈复效《诗经》之意，故将《闺房记乐》列为首篇。

⑦以次第及：按次序往下写。

⑧稍识之无：识字不多，稍通笔墨。

余幼聘金沙于氏[①]，八龄而夭，娶陈氏。陈名芸，字淑珍，舅氏心余先生女也。生而颖慧，学语时，口授《琵琶行》[②]，即能成诵。四龄失怙[③]，母金氏，弟克昌，家徒壁立。芸既长，娴女红，三口仰其十指供给，克昌从师，脩脯无缺[④]。一日，于书簏中得《琵琶行》，挨字而认，始识字。刺绣之暇，渐通吟咏，有“秋侵人影瘦，霜染菊花肥”之句。

余年十三，随母归宁[⑤]，两小无嫌，得见所作，虽叹其才思隽秀，窃恐其福泽不深，然心注不能释[⑥]，告母曰：“若为儿择妇，非淑姊不娶。”母亦爱其柔和，即脱金约指缔姻焉[⑦]。此乾隆乙未七月十六日也[⑧]。

注释

①金沙：今江苏南通。

②《琵琶行》：唐代白居易所作长篇叙事诗。

③失怙（hù）：丧父。

④脩脯：原意为干肉，后代指给老师的酬金。

⑤归宁：已婚女子回娘家省视父母。

⑥心注不能释：倾情爱慕的心难以释怀。

⑦金约指：金戒指。

⑧乾隆乙未：乾隆四十年，公元1775年。

是年冬，值其堂姊出阁[①]，余又随母往。芸与余同齿而长余十月，自幼姊弟相呼，故仍呼之曰淑姊。时但见满屋鲜衣，芸独通体素淡，仅新其鞋而已。见其绣制精巧，询为己作，始知其慧心不仅在笔墨也。其形削肩长项，瘦不露骨，眉弯目秀，顾盼神飞。惟两齿微露，似非佳相。一种缠绵之态，令人之意也消。

索观诗稿，有仅一联，或三四句，多未成篇者。询其故，笑曰：“无师之作，愿得知己堪师者敲成之耳[②]。”余戏题其签曰“锦囊佳句”[③]，不知夭寿之机此已伏矣。

注释

①出阁：出嫁。

②敲成：经推敲修改而定稿。

③锦囊佳句：典出唐代李贺事。相传李贺常骑驴外出，背一锦囊，途中偶有佳句，即书投囊中。李贺早夭，年仅二十七岁而卒。故下文言“夭寿之机此已伏矣”。

是夜送亲城外，反已漏三下[①]。腹饥索饵，婢妪以枣脯进，余嫌其甜。芸暗牵余袖，随至其室，见藏有暖粥并小菜焉。余欣然举箸[②]，忽闻芸堂兄玉衡呼曰：“淑妹速来！”芸急闭门曰：“已疲乏，将卧矣。”玉衡挤身而入，见余将吃粥，乃笑睨芸曰[③]：“顷我索粥[④]，汝曰‘尽矣’，乃藏此专待汝婿耶？”芸大窘避去，上下哗笑之。余亦负气，挈老仆先归[⑤]。自吃粥被嘲，再往，芸即避匿，余知其恐贻人笑也。

注释

①漏三下：三更时分。

②箸：筷子。

③睨：斜眼看。

④顷：刚才。

⑤挈：带着。

至乾隆庚子正月二十二日花烛之夕[①]，见瘦怯身材依然如昔，头巾既揭，相视嫣然[②]。合卺后[③]，并肩夜膳，余暗于案下握其腕，暖尖滑腻，胸中不觉怦怦作跳。让之食，适逢斋期，已数年矣。暗计吃斋之初[④]，正余出痘之期，因笑谓曰：“今我光鲜无恙，姊可从此开戒否？”芸笑之以目，点之以首。

注释

①乾隆庚子：乾隆四十五年，公元1780年。

②嫣然：笑得灿烂而美丽。

③合卺：旧时新婚夫妻饮交杯酒叫合卺。

④暗计：暗暗计算。

廿四日为余姊于归[①]，廿三国忌不能作乐[②]，故廿二之夜即为余姊款嫁[③]。芸出堂陪宴，余在洞房与伴娘对酌，拇战辄北[④]，大醉而卧。醒则芸正晓妆未竟也。

是日亲朋络绎，上灯后始作乐。廿四子正[⑤]，余作新舅送嫁，丑末归来[⑥]，业已灯残人静；悄然入室，伴妪盹于床下，芸卸妆尚未卧，高烧银烛，低垂粉颈，不知观何书而出神若此。因抚其肩曰："姊连日辛苦，何犹孜孜不倦耶?"芸忙回首起立曰："顷正欲卧，开橱得此书，不觉阅之忘倦。《西厢》之名[⑦]，闻之熟矣，今始得见，真不愧才子之名，但未免形容尖薄耳。"余笑曰："唯其才子，笔墨方能尖薄。"

伴妪在旁促卧，令其闭门先去。遂与比肩调笑，恍同密友重逢。戏探其怀，亦怦怦作跳，因俯其耳曰："姊何心春乃尔耶[⑧]?"芸回眸微笑。便觉一缕情丝摇人魂魄，拥之入帐，不知东方之既白。

注释

①于归：女子出嫁。

②国忌：古代称皇帝和皇后的丧期为国忌。

③款嫁：因为嫁女而款待宾客。

④拇战辄北：猜拳总是输。

⑤子正：晚上十二点。

⑥丑末：凌晨三点。

⑦《西厢》：即《西厢记》，元代杂剧名，写张生和崔莺莺的爱情故事。

⑧心舂乃尔：心跳如此。

芸作新妇，初甚缄默，终日无怒容，与之言，微笑而已。事上以敬，处下以和，井井然未尝稍失。每见朝暾上窗[1]，即披衣急起，如有人呼促者然。余笑曰：“今非吃粥比矣，何尚畏人嘲耶?”芸曰：“曩之藏粥待君[2]，传为话柄，今非畏嘲，恐堂上道新娘懒惰耳[3]。”余虽恋其卧而德其正，因亦随之早起。自此耳鬓相磨，亲同形影，爱恋之情有不可以言语形容者。而欢娱易过，转睫弥月[4]。

注释

①朝暾：朝阳，朝晖。

②曩：过去。

③堂上：代指父母。

④弥月：满一月。

时吾父稼夫公在会稽幕府[1]，专役相迓[2]，受业于武林赵省斋先生门下[3]。先生循循善诱，余今日之尚能握管，先生力也。归来完姻时，原订随侍到馆。闻信之余，心甚怅然，恐芸之对人堕泪。而芸反强颜劝勉，代整行装，是晚，但觉神色稍异而已。临行，向余小语曰：“无人调护，自去经心!”及登舟解缆，正当桃李争妍之候，而余则恍同林鸟失群，天地异色。

注释

①会稽幕府：会稽，今浙江绍兴；幕府，指地方或行政长官的官衙。

②专役相迓：专程派人迎接。

③武林：杭州的别称。

到馆后，吾父即渡江东去。居三月，如十年之隔。芸虽时有书来，必两问一答[1]，半多勉励词，余皆浮套语，心殊怏怏。每当风生竹院，月上蕉窗，对景怀人，梦魂颠倒。先生知其情，即致书吾父，出十题而遣余暂归，喜同戍人得赦。登舟后，反觉一刻如年。及抵家，吾母处问安毕，入房，芸起相迎，握手未通片语，而两人魂魄恍恍然化烟成雾，觉耳中惺然一响，不知更有此身矣。

注释

①两问一答：接两封信才回一封信。

时当六月，内室炎蒸，幸居沧浪亭爱莲居西间壁，板桥内一轩临流[1]，名曰“我取”，取“清斯濯缨，浊斯濯足”意也[2]。檐前老树一株，浓阴覆窗，人面俱绿。隔岸游人往来不绝，此吾父稼夫公垂帘宴客处也。禀命吾母，携芸消夏于此。因暑罢绣，终日伴余课书论古[3]、品月评花而已。芸不善饮，强之可三杯，教以射覆为令[4]。自以为人间之乐，无过于此矣。

注释

①轩：有窗的走廊或小屋子。

②“清斯濯缨，浊斯濯足”：语出《孟子·离娄上》：“沧浪之水清兮，可以濯我缨，沧浪之水浊兮，可以濯我足。”有委命

任运，自得其乐之意。

③课书：按规定的计划来教或学。

④射覆：酒令的一种。用相连字句隐物为谜而叫人猜度。

一日，芸问曰："各种古文，宗何为是？"余曰："《国策》《南华》取其灵快[①]，匡衡、刘向取其雅健[②]，史迁、班固取其博大[③]，昌黎取其浑[④]，柳州取其峭[⑤]，庐陵取其宕[⑥]，三苏取其辩[⑦]，他若贾、董策对[⑧]，庾、徐骈体[⑨]，陆贽奏议[⑩]，取资者不能尽举，在人之慧心领会耳。"芸曰："古文全在识高气雄，女子学之恐难入彀[⑪]，唯诗之一道，妾稍有领悟耳。"余曰："唐以诗取士，而诗之宗匠必推李、杜，卿爱宗何人？"芸发议曰："杜诗锤炼精纯，李诗潇洒落拓，与其学杜之森严，不如学李之活泼。"余曰："工部为诗家之大成，学者多宗之，卿独取李，何也？"芸曰："格律谨严，词旨老当，诚杜所独擅。但李诗宛如姑射仙子[⑫]，有一种落花流水之趣，令人可爱。非杜亚于李，不过妾之私心宗杜心浅，爱李心深。"余笑曰："初不料陈淑珍乃李青莲知己。"芸笑曰："妾尚有启蒙师白乐天先生[⑬]，时感于怀，未尝稍释。"余曰："何谓也？"芸曰："彼非作《琵琶行》者耶？"余笑曰："异哉！李太白是知己，白乐天是启蒙师，余适字三白，为卿婿，卿与'白'字何其有缘耶？"芸笑曰："白字有缘，将来恐白字连篇耳（吴音呼别字为白字）。"相与大笑。余曰："卿既知诗，亦当知赋之弃取。"芸曰："《楚辞》为赋之祖，妾学浅费解。就汉、晋人中调高语炼，似觉相如为最[⑭]。"余戏曰："当日文君之从长卿[⑮]，或不在琴而在此乎？"复相与大笑而罢。

注释

①《国策》《南华》：《国策》即《战国策》；《南华》即《南华经》，即《庄子》。

②匡衡、刘向：匡衡，字稚圭，东海承（今山东苍山）人，西汉经学家，善辞章；刘向，字子政，沛（今江苏沛县）人，西汉经学家、目录学家、文学家，编订《楚辞》，著有《新序》《说苑》等书。

③史迁、班固：史迁，即司马迁，字子长，夏阳（今陕西韩城县南）人，西汉著名史学家、文学家，著《史记》；班固，字孟坚，扶风安陵（今陕西咸阳东北）人，东汉著名史学家、文学家，著《汉书》。

④昌黎：即韩愈。字退之，河内河阳（今河南孟县）人，唐代文学家，因韩姓郡望在河南昌黎，故称韩昌黎。

⑤柳州：即柳宗元。字子厚，河东解（今山西永济）人，唐代著名文学家。因卒时任柳州刺史，故称柳柳州。

⑥庐陵：即欧阳修，字永叔，号六一居士，庐陵（今江西永丰）人，北宋著名文学家、史学家。

⑦三苏：指苏洵及其子苏轼、苏辙，眉州眉山（今四川眉山）人，皆为北宋著名文学家。

⑧贾、董：贾，即贾谊，洛阳人，西汉政论家，文学家；董，即董仲舒，广川（今河北枣阳）人，西汉今文经学大师。

⑨庾、徐：庾，即庾信，字子山，南阳新野（今属河南南阳）人，南朝文学家；徐，即徐陵，字孝穆，东海郯（今山东郯城）人，南朝著名宫体诗人，与庾信齐名，时称徐庾体。

⑩陆贽：字敬舆，嘉兴（今属浙江）人，唐大历进士，其奏议颇为后世推崇。

⑪入彀：本指进入弓箭射程之内，喻合乎规范。

⑫姑射仙子：典出于《庄子·逍遥游》，后以“姑射仙子”比喻超凡脱俗。

⑬白乐天：即白居易。字乐天，号香山居士，太原人，唐代著名诗人。

⑭相如：即司马相如。字长卿，成都人，西汉著名辞赋家。

⑮文君：即卓文君。西汉临邛富商卓王孙之女，相传其寡居在家时，为司马相如琴声所动，倾心相爱而私奔。

余性爽直，落拓不羁；芸若腐儒，迂拘多礼。偶为披衣整袖，必连声道“得罪”；或递巾授扇，必起身来接。余始厌之，曰：“卿欲以礼缚我耶？语曰：‘礼多必诈。’”芸两颊发赤，曰：“恭而有礼，何反言诈？”余曰：“恭敬在心，不在虚文[1]。”芸曰：“至亲莫如父母，可内敬在心而外肆狂放耶？”余曰：“前言戏之耳。”芸曰：“世间反目多由戏起，后勿冤妾，令人郁死！”余乃挽之入怀，抚慰之，始解颜为笑。自此“岂敢”“得罪”竟成语助词矣。鸿案相庄廿有三年[2]，年愈久而情愈密。家庭之内，或暗室相逢，窄途邂逅，必握手问曰：“何处去？”私心忒忒[3]，如恐旁人见之者。实则同行并坐，初犹避人，久则不以为意。芸或与人坐谈，见余至，必起立偏挪其身，余就而并焉[4]。彼此皆不觉其所以然者，始以为惭，继成不期然而然。独怪老年夫妇相视如仇者，不知何意。或曰：“非如是，焉得白头偕老哉？”斯言诚然欤？

注释

①虚文：虚礼。

②鸿案相庄：指东汉梁鸿与妻孟光相敬相爱之事。据《后汉书·梁鸿传》记载，梁鸿妻孟光每食必对鸿举案齐眉。后人遂用

“鸿案相庄”形容夫妻相敬如宾。

③私心忒忒：爱意浓厚。私心，指爱心；忒，太，过甚。

④就而并焉：紧挨着并排坐下。就，靠近。

是年七夕[①]，芸设香烛瓜果，同拜天孙于我取轩中[②]。余镌“愿生生世世为夫妇”图章二方；余执朱文[③]，芸执白文[④]，以为往来书信之用。是夜月色颇佳，俯视河中，波光如练，轻罗小扇，并坐水窗，仰见飞云过天，变态万状。芸曰：“宇宙之大，同此一月，不知今日世间，亦有如我两人之情兴否?”余曰：“纳凉玩月，到处有之。若品论云霞，或求之幽闺绣闼[⑤]，慧心默证者固亦不少；若夫妇同观，所品论者恐不在此云霞耳。”未几[⑥]，烛烬月沉，撤果归卧。

注释

①七夕：农历七月初七夜。传说牛郎织女于此夕在银河鹊桥相会。

②天孙：即织女星。传说织女是玉皇天帝的孙女，故名。

③朱文：印章的阳文印出的是红字，故称朱文。

④白文：印章的阴文印出的是白字，故称白文。

⑤绣闼：古代女子刺绣的小屋。

⑥未几：不一会儿。

七月望[①]，俗谓之鬼节，芸备小酌，拟邀月畅饮。夜忽阴云如晦，芸愀然曰[②]：“妾能与君白头偕老，月轮当出。”余亦索然[③]。但见隔岸萤光明灭万点，梳织于柳堤蓼渚间[④]。余与芸联句以遣闷怀，而两韵之后，逾联逾纵，想入非夷[⑤]，随口乱道。芸已漱涎涕泪，笑倒余怀，不能成声矣。觉其鬓边茉莉浓香扑鼻，因拍其背，以他词解之曰："想古人以茉莉形色如珠，故供助妆压鬓，不知此花必沾油头粉面之气，其香更可爱，所供佛手当退三舍矣[⑥]。"芸乃止笑曰："佛手乃香中君子，只在有意无意间；茉莉是香中小人，故须借人之势，其香也如胁肩谄笑。"余曰："卿何远君子而近小人？"芸曰："我笑君子爱小人耳。"正话间，漏已三滴，渐见风扫云开，一轮涌出，乃大喜，倚窗对酌。酒未三杯，忽闻桥下哄然一声，如有人堕。就窗细瞩，波明如镜，不见一物，惟闻河滩有只鸭急奔声。余知沧浪亭畔素有溺鬼，恐芸胆怯，未敢即言。芸曰："噫！此声也，胡为乎来哉？"不禁毛骨皆栗。急闭窗，携酒归房。一灯如豆，罗帐低垂，弓影杯蛇[⑦]，惊神未定。剔灯入帐，芸已寒热大作。余亦继之，困顿两旬。真所谓乐极灾生，亦是白头不终之兆。

注释

①七月望：农历七月十五日，俗称中元节，亦称鬼节。僧寺此日做盂兰盆会，民间则冥纸以祭亡灵。

②愀然：忧惧的样子。

③索然：萧索的神情。

④蓼渚：长满蓼草的水中小洲。

⑤非夷：不合常情，离谱。

⑥佛手：芸香科，初夏开花，常作香料。以其形状如手掌，故名。

⑦弓影杯蛇：即"杯弓蛇影"。相传某人做客饮酒时，挂在墙上的弓影印在杯中，便疑惑为蛇在杯中，回去后觉胸腹疼痛。后遂以"杯弓蛇影"比喻疑神疑鬼而自相惊扰。

中秋日，余病初愈。以芸半年新妇，未尝一至间壁之沧浪亭，先令老仆约守者勿放闲人。于将晚时，偕芸及余幼妹，一妪一婢扶焉，老仆前导，过石桥，进门，折东，曲径而入。叠石成山，林木葱翠，亭在土山之巅。循级至亭心，周望极目可数里，炊烟四起，晚霞灿然。隔岸名“近山林”，为大宪行台宴集之地[①]，时正谊书院犹未启也。携一毯设亭中，席地环坐，守者烹茶以进。少焉，一轮明月已上林梢，渐觉风生袖底，月到波心，俗虑尘怀，爽然顿释。芸曰：“今日之游乐矣！若驾一叶扁舟，往来亭下，不更快哉？”时已上灯，忆及七月十五夜之惊，相扶下亭而归。吴俗，妇女是晚不拘大家小户皆出，结队而游，名曰“走月亮”。沧浪亭幽雅清旷，反无一人至者。

注释

①大宪行台：地方抚、藩、臬三司的首长。

吾父稼夫公喜认义子，以故余异姓弟兄有二十六人，吾母亦有义女九人。九人中王二姑、俞六姑与芸最和好。王痴憨善饮，俞豪爽善谈。每集，必逐余居外，而得三女同榻，此俞六姑一人计也。余笑曰：“俟妹于归后，我当邀妹丈来，一住必十日。”俞曰：“我亦来此，与嫂同榻，不大妙耶？”芸与王微笑而已。

时为吾弟启堂娶妇，迁居饮马桥之仓米巷，屋虽宏畅，非复沧浪亭之幽雅矣。吾母诞辰演剧，芸初以为奇观。吾父素无忌讳，点演《惨别》等剧[①]，老伶刻画[②]，见者情动，余窥帘，见芸忽起去，良久不出，入内探之，俞与王亦继至。见芸一人支颐独坐镜奁之侧[③]。余曰：“何不快乃尔？”芸曰：“观剧原以陶情，今日之戏徒令人肠断耳。”俞与王皆笑之。余曰：

“此深于情者也。”俞曰：“嫂将竟日独坐于此耶?”芸曰：“俟有可观者再往耳。”王闻言先出，请吾母点《刺梁》《后索》等剧[④]，劝芸出观，始称快。

注释

①《惨别》：亦名《惨睹》。讲述明初建文帝因城被攻陷而被迫出走的故事。

②刻画：指表演。

③支颐：托着下巴。

④《刺梁》《后索》：《刺梁》，清代戏曲家朱佐朝《渔家乐》传奇中的一出，讲述渔家女邬飞霞刺死梁冀为父报仇的故事。《后索》，清代戏曲家姚子懿所作传奇《后寻亲记》中的一出。

余堂伯父素存公早亡，无后，吾父以余嗣焉[①]。墓在西跨塘福寿山祖茔之侧，每年春日，必挈芸拜扫。王二姑闻其地有戈园之胜，请同往。芸见地下小乱石有苔纹，斑驳可观，指示余曰：“以此叠盆山，较宣州白石为古致[②]。”余曰：“若此者恐难多得。”王曰：“嫂果爱此，我为拾之。”即向守坟者借麻袋一，鹤步而拾之。每得一块，余曰“善”，即收之；余曰“否”，即去之。未几，粉汗盈盈，拽袋返曰：“再拾则力不胜矣。”芸且拣且言曰：“我闻山果收获，必借猴力，果然。”王愤撮十指作哈痒状，余横阻之，责芸曰：“人劳汝逸，犹作此语，无怪妹之动愤也。”归途游戈园，稚绿娇红，争妍竞媚。王素憨，逢花必折，芸叱曰：“既无瓶养：又不簪戴，多折何为?”王曰：“不知痛痒者，何害?”余笑曰：“将来罚嫁麻面多须郎，为花泄忿。”王怒余以目，掷花于地，以莲钩拨入池中[③]，曰：“何欺侮我之甚也?”芸笑解之而罢。

注释

①嗣：过继。

②宣州：今安徽宣城，以白石、宣纸闻名。

③莲钩：小脚。旧时女子裹脚，玲珑娇小，似莲如钩，故美称为“金莲”“莲钩”。

芸初缄嘿[1]，喜听余议论。余调其言，如蟋蟀之用纤草，渐能发议。其每日饭必用茶泡，喜用茶泡食芥卤乳腐，吴俗呼为臭乳腐，又喜食虾卤瓜。此二物余生平所最恶者，因戏之曰：“狗无胃而食粪，以其不知臭秽；蜣螂团粪而化蝉[2]，以其欲修高举也。卿其狗耶？蝉耶?”芸曰：“腐取其价廉而可粥可饭，幼时食惯，今至君家已如蜣螂化蝉，犹喜食之者，不忘本也。至卤瓜之味，到此初尝耳。”余曰：“然则我家系狗窦耶[3]?”芸窘而强解曰：“夫粪，人家皆有之，要在食与不食之别耳。然君喜食蒜，妾亦强啖之[4]。腐不敢强，瓜可扼鼻略尝，入咽当知其美，此犹无盐貌丑而德美也[5]。”余笑曰：“卿陷我作狗耶?”芸曰：“妾作狗久矣，屈君试尝之。”以箸强塞余口。余掩鼻咀嚼之，似觉脆美，开鼻再嚼，竟成异味，从此亦喜食。芸以麻油加白糖少许拌卤腐，亦鲜美。以卤瓜捣烂拌卤腐，名之曰双鲜酱，有异味。余曰：“始恶而终好之，理之不可解也。”芸曰：“情之所钟，虽丑不嫌。”

注释

①缄嘿：沉默。嘿，通“默”。

②蜣螂：俗名屎壳郎。喜食粪土，推粪团。

③狗窦：狗洞。

④啖：吃，食。

⑤无盐：战国时齐国女子钟离春，无盐人，故称“无盐”，貌丑而有德，齐宣王立为王后。

余启堂弟妇，王虚舟先生孙女也，催妆时偶缺珠花[1]。芸出其纳采所受者呈吾母[2]，婢妪旁惜之。芸曰：“凡为妇人，已属纯阴，珠乃纯阴之精，用为首饰，阳气全克矣，何贵焉?”而于破书残画反极珍惜。书之残缺不全者，必搜集分门，汇订成帙，统名之曰“断简残编”；字画之破损者，必觅故纸粘补成幅，有破缺处，倩予全好而卷之[3]，名曰“弃余集赏”。于女红中馈之暇[4]，终日琐琐，不惮烦倦。芸于破笥烂卷中[5]，偶获片纸可观者，如得异宝。旧邻冯妪每收乱卷卖之。其癖好与余同，且能察眼意，懂眉语，一举一动，示之以色，无不头头是道。

注释

①催妆：旧时婚礼的一种仪式。在正式行婚礼前，男方提前向女方赠送梳妆用品。

②纳采：古代婚礼“六礼”之一。女家应允议婚后，男家备礼前去求婚，女方受礼为纳采。

③倩：请。

④中馈：古时指妇女在家主持饮食之事。

⑤笥：盛物的竹器。

余尝曰：“惜卿雌而伏[1]，苟能化女为男，相与访名山，搜胜迹，遨游天下，不亦快哉!”芸曰：“此何难，俟妾鬓斑之后，虽不能远游五岳，而近地之虎阜[2]、灵岩[3]，南至西湖，北至平山[4]，尽可偕游。”余曰：“恐卿鬓斑之日，步履已艰。”

芸曰，“今世不能，期以来世。”余曰：“来世卿当作男，我为女子相从。”芸曰：“必得不昧今生[⑤]，方觉有情趣。”余笑曰：“幼时一粥犹谈不了，若来世不昧今生，合卺之夕，细谈隔世，更无合眼时矣。”芸曰：“世传月下老人专司人间婚姻事，今生夫妇已承牵合，来世姻缘亦须仰借神力，盍绘一像祀之？”时有苕溪戚柳堤名遵[⑥]，善写人物。倩绘一像：一手挽红丝，一手携杖悬姻缘簿，童颜鹤发，奔驰于非烟非雾中。此戚君得意笔也。友人石琢堂为题赞语于首[⑦]，悬之内室，每逢朔望[⑧]，余夫妇必焚香拜祷。后因家庭多故，此画竟失所在，不知落在谁家矣。“他生未卜此生休”[⑨]，两人痴情，果邀神鉴耶？

注释

①雌而伏：意为“女子宜深居于家”。

②虎阜：即苏州虎丘。

③灵岩：即灵岩山，在今江苏吴县。

④平山：即扬州的平山堂。北宋欧阳修所建。

⑤不昧：不忘。

⑥苕溪：浙江吴兴的别称，因有苕溪而得名。

⑦石琢堂：石韫玉。字执如，号琢堂，江苏吴县人，官至山东按察使，主持苏州紫阳书院二十年。

⑧朔望：农历每月初一和十五。

⑨“他生未卜此生休”：语出唐代李商隐《马嵬》诗。

迁仓米巷，余颜其卧楼曰“宾香阁”[①]，盖以芸名而取如宾意也。院窄墙高，一无可取。后有厢楼，通藏书处，开窗对陆氏废园，但有荒凉之象。

沧浪风景，时切芸怀。有老妪居金母桥之东、埂巷之北，绕屋皆菜圃，编篱为门。门外有池约亩许，花光树影，错杂篱边，其地即元末张士诚王府废基也[②]。屋西数武[③]，瓦砾堆成土山，登其巅可远眺，地旷人稀，颇饶野趣。妪偶言及，芸神往不置，谓余曰："自别沧浪，梦魂常绕，今不得已而思其次，其老妪之居乎？"余曰："连朝秋暑灼人，正思得一清凉地以消长昼，卿若愿往，我先观其家可居，即襆被而往[④]，作一月盘桓何如？"芸曰："恐堂上不许。"余曰："我自请之。"

越日至其地，屋仅二间，前后隔而为四，纸窗竹榻，颇有幽趣。老妪知余意，欣然出其卧室为赁，四壁糊以白纸，顿觉改观。于是禀知吾母，挈芸居焉。

邻仅老夫妇二人，灌园为业，知余夫妇避暑于此，先来通殷勤[⑤]，并钓池鱼、摘园蔬为馈。偿其价，不受，芸作鞋报之，始谢而受。

时方七月，绿树阴浓，水面风来，蝉鸣聒耳。邻老又为制鱼竿，与芸垂钓于柳阴深处。日落时，登土山观晚霞夕照，随意联吟，有"兽云吞落日，弓月弹流星"之句。少焉，月印池中，虫声四起，设竹榻于篱下，老妪报酒温饭熟，遂就月光对酌，微醺而饭。浴罢则凉鞋蕉扇，或坐或卧，听邻老谈因果报应事。三鼓归卧，周体清凉，几不知身居城市矣。

篱边倩邻老购菊，遍植之。九月花开，又与芸居十日。吾母亦欣然来观，持螯对菊[⑥]，赏玩竟日。芸喜曰："他年当与君卜筑于此[⑦]，买绕屋菜园十亩，课仆妪，植瓜蔬，以供薪水。君画我绣，以为持酒之需。布衣菜饭，可乐终身，不必作远游计也。"余深然之。今即得有境地，而知己沦亡，可胜浩叹！

注释

①颜：这里指在门楣上题字。

②张士诚：元末泰州人，曾起兵反元，自号诚王。后降元，为明将所俘，自缢而死。

③数武：数步。古代六尺为步，半步为武。

④襆被而往：包好衣服，打点行李前往。

⑤通殷勤：表示友好。

⑥持螯：拿着螃蟹。

⑦卜筑：择地建屋。

离余家半里许，醋库巷有洞庭君祠[1]，俗呼水仙庙，回廊曲折，小有园亭。每逢神诞，众姓各认一落，密悬一式之玻璃灯，中设宝座，旁列瓶几，插花陈设，以较胜负。日惟演戏，夜则参差高下插烛于瓶花间，名曰“花照”。花光灯影，宝鼎香浮，若龙宫夜宴。司事者或笙箫歌唱，或煮茗清谈，观者如蚁集，檐下皆设栏为限。

余为众友邀去插花布置，因得躬逢其盛[2]。归家向芸艳称之[3]，芸曰：“惜妾非男子，不能往。”余曰：“冠我冠，衣我衣，亦化女为男之法也。”于是易髻为辫[4]，添扫蛾眉[5]，加余冠，微露两鬓，尚可掩饰，服余衣，长一寸又半，于腰间折而缝之，外加马褂。芸曰：“脚下将奈何?”余曰：“坊间有蝴蝶履[6]，大小由之，购亦极易，且早晚可代撤鞋之用，不亦善乎?”芸欣然。及晚餐后，装束既毕，效男子拱手阔步者良久，忽变卦曰：“妾不去矣，为人识出既不便，堂上闻之又不可。”余怂恿曰：“庙中司事者谁不知我，即识出亦不过付之一笑耳。吾母现在九妹丈家，密去密来，焉得知之。”芸揽镜自照，狂笑不已。余强挽之，悄然径去。

遍游庙中，无识出为女子者。或问何人，以表弟对，拱手而已。最后至一处，有少妇、幼女坐于所设宝座后，乃杨姓司事者之眷属也。芸忽趋彼通款曲[7]，身一侧，而不觉一按少妇之肩，旁有婢媪怒而起曰："何物狂生，不法乃尔！"余欲为措词掩饰，芸见势恶，即脱帽翘足示之曰："我亦女子耳。"相与愕然，转怒为欢，留茶点，唤肩舆送归[8]。

注释

①洞庭君祠：洞庭，在此为太湖别称。洞庭君祠，即祭祀太湖之神的庙宇。

②躬逢：亲自参加。

③艳称：极为夸张炫耀地描绘一番。

④易髻为辫：把盘发改为辫子。清代男子留辫，此指女扮男装。

⑤添扫蛾眉：把眉毛画浓。

⑥蝴蝶履：鞋面中间有接缝的便鞋。

⑦通款曲：搭话。

⑧肩舆：轿子。

吴江钱师竹病故，吾父信归，命余往吊。芸私谓余曰："吴江必经太湖，妾欲偕往，一宽眼界。"余曰："正虑独行踽踽[1]，得卿同行固妙，但无可托词耳。"芸曰："托言归宁[2]。君先登舟，妾当继至。"余曰："若然，归途当泊舟万年桥下，与卿待月乘凉，以续沧浪韵事。"时六月十八日也。

是日，早凉，携一仆先至胥江渡口[3]，登舟而待。芸果肩舆至。解维出虎啸桥[4]，渐见风帆沙鸟，水天一色。芸曰：

"此即所谓太湖耶？今得见天地之宽，不虚此生矣！想闺中人有终身不能见此者！"闲话未几，风摇岸柳，已抵江城。

注释

①踽踽：形容独自走路孤零零的样子。

②归宁：出嫁女子回娘家看视父母。

③胥江：在苏州西南城外，相传因伍子胥而得名。

④解维：解缆起航。

余登岸拜奠毕，归视舟中洞然，急询舟子。舟子指曰："不见长桥柳阴下，观鱼鹰捕鱼者乎？"盖芸已与船家女登岸矣。余至其后，芸犹粉汗盈盈，倚女而出神焉。余拍其肩曰："罗衫汗透矣！"芸回首曰："恐钱家有人到舟，故暂避之。君何回来之速也？"余笑曰："欲捕逃耳。"于是相挽登舟，返棹至万年桥下，阳乌犹未落也[①]。八窗尽落，清风徐来，纨扇罗衫，剖瓜解暑。少焉霞映桥红，烟笼柳暗，银蟾欲上[②]，渔火满江矣。命仆至船梢与舟子同饮。

船家女名素云，与余有杯酒交[③]，人颇不俗，招之与芸同坐。船头不张灯火，待月快酌，射覆为令[④]。素云双目闪闪，听良久，曰："觞政侬颇娴习[⑤]，从未闻有斯令，愿受教。"芸即譬其言而开导之，终茫然。余笑曰："女先生且罢论，我有一言作譬，即了然矣。"芸曰："君若何譬之？"余曰："鹤善舞而不能耕，牛善耕而不能舞，物性然也。先生欲反而教之，无乃劳乎[⑥]？"素云笑捶余肩曰："汝骂我耶！"芸出令曰："只许动口，不许动手。违者罚大觥。"素云量豪，满斟一觥，一吸而尽。余曰："动手但准摸索，不准捶人。"芸笑挽素云置余怀，曰："请君摸索畅怀。"余笑曰："卿非解人，摸索在有意无意间耳，拥而狂探，田舍郎之所为也。”时四鬟所簪茉莉，为酒气所蒸，杂以粉汗油香，芳馨透鼻。余戏曰：“小人臭味充满船头，令人作恶。”素云不禁握拳连捶曰：“谁教汝狂嗅耶?”芸呼曰：“违令，罚两大觥!”素云曰：“彼又以小人骂我，不应捶耶?”芸曰：“彼之所谓小人，盖有故也。请干此，当告汝。”素云乃连尽两觥，芸乃告以沧浪旧居乘凉事。素云曰：“若然，真错怪矣，当再罚。”又干一觥。芸曰：“久闻素娘善歌，可一聆妙音否?”素即以象箸击小碟而歌。芸欣然畅饮，不觉酩酊，乃乘舆先归。余又与素云茶话片刻，步月而回。

时余寄居友人鲁半舫家萧爽楼中，越数日，鲁夫人误有所闻，私告芸曰：“前日闻若婿挟两妓饮于万年桥舟中，子知之否?”芸曰：“有之，其一即我也。”因以偕游始末详告之，鲁大笑，释然而去。

注释

①阳乌：太阳。古代神话说太阳里面有三足乌，故谓太阳为阳乌。

②银蟾：月亮。古代神话谓月亮中有蟾蜍，故谓月亮为银蟾。

③杯酒交：一起饮过酒的交情。

④射覆：古代游戏。在瓯、盂等器具下覆盖某一物件，让人猜度。后世酒令用字句隐喻事物，令人猜度，也叫射覆。

⑤觞政：酒令。

⑥无乃：难道不是。

乾隆甲寅七月①，余自粤东归。有同伴携妾回者，曰徐秀峰，余之表妹婿也。艳称新人之美，邀芸往观。芸他日谓秀峰曰："美则美矣，韵犹未也。"秀峰曰："然则若郎纳妾，必美而韵者乎？"芸曰："然。"从此痴心物色，而短于资。

时有浙妓温冷香者，寓于吴，有《咏柳絮》四律，沸传吴下，好事者多和之。余友吴江张闲憨素赏冷香，携柳絮诗索和。芸微其人而置之，余技痒而和其韵[②]，中有"触我春愁偏婉转，撩他离绪更缠绵"之句，芸甚击节[③]。

注释

①乾隆甲寅：乾隆五十九年，公元1794年。

②技痒：谓擅长某种技艺的人遇到机会时极想施展。

③击节：本意为打拍子。后用来形容对别人的诗文或艺术等的赞赏。

明年乙卯秋八月五日[①]，吾母将挈芸游虎邱。闲憨忽至曰："余亦有虎邱之游，今日特邀君作探花使者。"因请吾母先行，期于虎邱半塘相晤。拉余至冷香寓，见冷香已半老。有女名憨园，瓜期未破[②]，亭亭玉立，真"一泓秋水照人寒"者也[③]。款接间，颇知文墨。有妹文园，尚雏。余此时初无痴想，且念一杯之叙，非寒士所能酬，而既入个中[④]，私心忐忑[⑤]，强为酬答。因私谓闲憨曰："余贫士也，子以尤物玩我乎[⑥]？"闲憨笑曰："非也，今日有友人邀憨园答我，席主为尊客拉去[⑦]，我代客转邀客，毋烦他虑也。"余始释然。

注释

①乙卯：乾隆六十年，公元1795年。

②瓜期未破：未满十六岁。古时文人拆"瓜"字为二八以记年，谓女子十六岁为瓜期。

③“一泓秋水照人寒”：语出唐代崔珏《有赠》诗：“两脸夭桃从镜发，一眸春水照人寒。”

④个中：其中，此中。

⑤私心：内心。

⑥尤物：特别之物。常指美貌而风骚的女子。

⑦席主：做东的人。

至半塘，两舟相遇，令憨园过舟叩见吾母。芸、憨相见，欢同旧识，携手登山，备览名胜。芸独爱千顷云高旷，坐赏良久。返至野芳滨，畅饮甚欢，并舟而泊。及解维，芸谓余曰：“子陪张君，留憨陪妾可乎？”余诺之。返棹至都亭桥，始过船分袂[①]。

归家已三鼓。芸曰：“今日得见美而韵者矣。顷已约憨园明日过我，当为子图之。”余骇曰：“此非金屋不能贮[②]，穷措大岂敢生此妄想哉[③]？况我两人伉俪正笃[④]，何必外求？”芸笑曰：“我自爱之，子姑待之。”

注释

①分袂：分手。袂，衣袖。

②此非金屋不能贮：典出“金屋藏娇”。汉武帝年幼之时，极喜阿娇，言“若得阿娇作妇，当作金屋贮之也”。

③穷措大：穷书生。

④伉俪正笃：夫妻恩爱正浓。

明午，憨果至。芸殷勤款接，筵中以猜枚（赢吟输饮）为令[①]，终席无一罗致语[②]。及憨园归，芸曰：“顷又与密约，十八日来此结为姊妹，子宜备牲牢以待。”笑指臂上翡翠钏曰：

"若见此钏属于憨，事必谐矣。顷已吐意，未深结其心也。"余姑听之。十八日大雨，憨竟冒雨至。入室良久，始挽手出，见余有羞色，盖翡翠钏已在憨臂矣。焚香结盟后，拟再续前饮，适憨有石湖之游，即别去。芸欣然告余曰："丽人已得，君何以谢媒耶?"余询其详，芸曰："向之秘言，恐憨意另有所属也。顷探之无他，语之曰：'妹知今日之意否?'憨曰：'蒙夫人抬举，真蓬篙倚玉树也[3]，但吾母望我奢，恐难自主耳，愿彼此缓图之。'脱钏上臂时，又语之曰：'玉取其坚，且有团圞不断之意，妹试笼之以为先兆。'憨曰：'聚合之权总在夫人也。'即此观之，憨心已得，所难者必冷香耳，当再图之。"余笑曰："卿将效笠翁之《怜香伴》耶[4]?"芸曰："然。"自此无日不谈憨园矣。

后憨为有力者夺去，不果。芸竟以之死。

注释

①猜枚：一种游戏，多用为酒令。其法是把瓜子、莲子或黑白棋子等握在手心里，让人猜单双、数目或颜色，猜中者为胜。

②罗致语：指招纳憨园的话。

③蓬篙倚玉树：犹言高攀。典出《世说新语·容止》："魏明帝使后弟毛曾与夏侯玄共坐，时人谓'蒹葭倚玉树'。"

④笠翁之《怜香伴》：笠翁，即李渔，号笠翁，浙江兰溪人，清代戏曲家。《怜香伴》为其剧作之一，写石坚之妻崔云笺为夫纳妾之事。

卷二

闲情记趣

导读

幽闲是一种非常高的人生境界。

臻于幽闲境界的人，不为功名所苦，不为是非所累，不粘不滞，无牵无绊，任委运化于天地之间，活脱脱一个自由人。沈复和芸就是这样一对烟火神仙。

沈复的闲情源于天性中的一段慧根，源于无拘无束的童年。“夏蚊成雷，私拟作群鹤舞空”的奇思妙想，令人击节；“捉蛤蟆，鞭数十，驱之别院”的恶作剧，令人捧腹；“卵为蚯蚓所哈，肿不能便”的尴尬遭遇，令人喷饭。说实在的，对男孩来说，没有一片莺飞蝶舞的百草园，没有捉过蝴蝶、蝈蝈，没有掏过鸟窝，没有被毛毛虫爬过的痒痒，没有被黄蜂蜇了的肿胀，没有爬树被树皮刮着鸡鸡的疼痛与尴尬，算不得有趣的童年。毫无疑问，沈复的童年是有趣的，远比时下小皇帝们按部就班的童年（钢琴+书法+奥数+英语+鹦鹉学舌+……=乖孩子）有趣。沈复的童年，舒展了天性，激发了好奇心，烘焙了想象力，为成年后的闲情做了非常扎实的心理积淀。

闲情需要超越，艺术也需要超越，于是，沈复的闲情便与艺术结下了不解之缘，沈复的人生便完全可以称得上是艺术人生。艺术充盈着沈复生活的每个角落——盆栽插花之痴，静室焚香之妙，长夏考对之娱。尤其是插花之论，精彩绝伦，稍加整理与延伸，即可编一本插花艺术之类的书，其别出心裁之妙想，恐时下千篇一律的教科书所无法望其项背。诸如“以老莲子磨薄两头，

入蛋壳使鸡翼之，俟雏成取出，用久年燕巢泥加天门冬十分之二，捣烂拌匀，植于小器中，灌以河水，晒以朝阳，花发大如酒杯，叶缩如碗口，亭亭可爱”，如此奇思妙想，完全可以申请专利，成为园艺学独门秘笈。

沈复夫妇拥有闲情，但没有像庄子那样沉入有所待无所待的玄想，也不是像陶渊明那样陷入“此中有真意，欲辨已忘言”的神秘，而是真正享受闲情本身，把它消融在生活的点点滴滴，使闲情变成生活的一种况味。吃，有梅花盒（置一梅花盒，用二寸白磁深碟六只，中置一只，外置五只，用灰漆就，其形如梅花，底盖均起凹楞，盖之上有柄如花蒂。置之案头，如一朵墨梅覆桌；启盖视之，如菜装于花瓣中）——既因陋就简，又赏心悦目，未食先以陶然矣；饮，有荷花茶（夏月荷花初开时，晚含而晓放。芸用小纱囊撮茶叶少许，置花心，明早取出，烹天泉水泡之，香韵尤绝）——吸花心之精髓，沐天露之清芬，真可谓茶中极品；住，有活花屏（每屏一扇，用木梢二枝约长四五寸，作矮条凳式，虚其中，横四挡，宽一尺许，四角凿圆眼，插竹编方眼。屏约高六七尺，用砂盆种扁豆置屏中，盘延屏上，两人可移动。多编数屏，随意遮拦，恍如绿阴满窗，透风蔽日，纡回曲折，随时可更，故曰活花屏）——既透风蔽日，消夏避暑，又绿荫满窗，诗意葱茏，还是天然的大氧吧。龟缩在空调房里延挨夏日的现代人岂不窘煞耶？

真该庆幸沈复的终身布衣，正是他的布衣身份，让他远离名利是非，幽闲地把玩生活的每个细节，成就了“闲情记趣”的妙文。若官运亨通，至多只能多出一个鞠躬尽瘁的忠良而已。试想世间能有几个苏轼那样一边做官一边玩闲适的大隐，即使洒脱如袁宏道，也只能抒发“如奴如妓”的为官感叹，更多的人只能像黄庭坚那样“痴儿了却公家事，快阁东西倚晚晴”了。有个做官的仕途压着，闲情难以舒展，无论怎样抒发，终究显得做作。沈复终身布衣，祸兮福兮，难以定论。

余忆童稚时，能张目对日，明察秋毫，见藐小微物，必细察其纹理，故时有物外之趣[①]。

夏蚊成雷，私拟作群鹤舞空[②]，心之所向，则或千或百果然鹤也。昂首观之，项为之强[③]。又留蚊于素帐中，徐喷以烟，使其冲烟飞鸣，作青云白鹤观，果如鹤唳云端，怡然称快。于土墙凹凸处、花台小草丛杂处，常蹲其身，使与台齐；定神细视，以丛草为林，以虫蚁为兽，以土砾凸者为丘，凹者为壑，神游其中，怡然自得。

注释

①物外之趣：超越实物行迹而想象的乐趣。

②私拟：内心想象。

③项为之强：脖子为此而僵硬。

一日，见二虫斗草间，观之正浓，忽有庞然大物拔山倒树而来，盖一癞蛤蟆也，舌一吐而二虫尽为所吞。余年幼，方出神，不觉呀然惊恐[①]。神定，捉蛤蟆，鞭数十，驱之别院。年长思之，二虫之斗，盖图奸不从也[②]。古语云："奸近杀"[③]，虫亦然耶？

贪此生涯，卵为蚯蚓所哈（吴俗呼"阳"曰"卵"），肿不能便。捉鸭开口哈之[④]，婢妪偶释手，鸭颠其颈作吞噬状，惊而大哭，传为语柄。此皆幼时闲情也。

注释

①呀然：通“讶然”，惊貌。

②图奸不从：此处指图谋交配而未达成一致。

③奸近杀：奸邪不正则接近杀身之祸。

④哈：通“歃”，用嘴吸饮。

及长，爱花成癖，喜剪盆树。识张兰坡，始精剪枝养节之法，继悟接花叠石之法。

花以兰为最，取其幽香韵致也，而瓣品之稍堪入谱者不可多得。兰坡临终时，赠余荷瓣素心春兰一盆，皆肩平心阔，茎细瓣净，可以入谱者。余珍如拱璧[1]。值余幕游于外，芸能亲为灌溉，花叶颇茂。不二年，一旦忽萎死，起根视之，皆白如玉，且兰芽勃然。初不可解，以为无福消受，浩叹而已。事后始悉有人欲分不允，故用滚汤灌杀也。从此誓不植兰。

注释

①拱璧：双手合抱的大璧，后泛指珍贵之物。

次取杜鹃，虽无香而色可久玩，且易剪裁。以芸惜枝怜叶，不忍畅剪，故难成树。其他盆玩皆然。

惟每年篱东菊绽[1]，秋兴成癖。喜摘插瓶，不爱盆玩。非盆玩不足观，以家无园圃，不能自植，货于市者，俱丛杂无致，故不取耳。其插花朵，数宜单，不宜双。每瓶取一种，不取二色。瓶口取阔大，不取窄小，阔大者舒展不拘。自五七花至三四十花，必于瓶口中一丛怒起，以不散漫、不挤轧、不靠瓶口为妙，所谓“起把宜紧”也。或亭亭玉立，或飞舞横斜。花取参差，间以花蕊，以免飞钹耍盘之病[2]。叶取不乱，梗取不强[3]。用针宜藏，针长宁断之，毋令针针露梗；所谓“瓶口宜清”也。视桌之大小，一桌三瓶至七瓶而止，多则眉目不分，即同市井之菊屏矣。几之高低，自三四寸至二尺五六寸而止，必须参差高下，互相照应，以气势联络为上。若中高两低，后高前低，成排对列，又犯俗所谓“锦灰堆”矣[4]。或密或疏，或进或出，全在会心者得画意乃可。

注释

①篱东：即“东篱”，语出陶渊明《饮酒》之五：“采菊东篱下，悠然见南山。”后借指菊花或种菊之处。

②飞钹耍盘：杂耍表演，喻起把不紧而乱转。

③强：僵直。

④锦灰堆：形容花屏布局像一堆锦灰，俗艳而少画意。

若盆碗盘洗[1]，用漂青、松香、榆皮面和油，先熬以稻灰，收成胶，以铜片按钉向上，将膏火化，粘铜片于盘碗盆洗中。俟冷，将花用铁丝扎把，插于钉上，宜偏斜取势，不可居中，更宜枝疏叶清，不可拥挤。然后加水，用碗沙少许掩铜片，使观者疑丛花生于碗底方妙。

若以木本花果插瓶，剪裁之法（不能色色自觅，倩人攀折者每不合意），必先执在手中，横斜以观其势，反侧以取其态。相定之后，剪去杂枝，以疏瘦古怪为佳。再思其梗如何入瓶，或折或曲，插入瓶口，方免背叶侧花之患。若一枝到手，先拘定其梗之直者插瓶中，势必枝乱梗强，花侧叶背，既难取态，更无韵致矣。折梗打曲之法：锯其梗之半而嵌以砖石，则直者曲矣。如患梗倒，敲一二钉以筦之[2]。即枫叶竹枝，乱草荆棘，均堪入选。或绿竹一竿配以枸杞数粒，几茎细草伴以荆棘两枝，苟位置得宜，另有世外之趣。

若新栽花木，不妨歪斜取势，听其叶侧，一年后枝叶自能向上，如树树直栽，即难取势矣。

注释

①洗：洗笔的器皿。

②笕：固定。

至剪裁盆树，先取根露鸡爪者，左右剪成三节，然后起枝。一枝一节，七枝到顶，或九枝到顶。枝忌对节如肩臂，节忌臃肿如鹤膝。须盘旋出枝[①]，不可光留左右，以避赤胸露背之病；又不可前后直出。有名“双起”“三起”者，一根而起两三树也。如根无爪形，便成插树，故不取。然一树剪成，至少得三四十年。余生平仅见吾乡万翁名彩章者，一生剪成数树。又在扬州商家见有虞山游客携送黄杨、翠柏各一盆[②]，惜乎明珠暗投，余未见其可也[③]。若留枝盘如宝塔，扎枝曲如蚯蚓者，便成匠气矣。

注释

①盘旋出枝：向四面八方留出枝条。

②虞山：在今江苏常熟西北，原名乌目山，相传虞仲葬于此，故名。

③可：合适、可取。

点缀盆中花石，小景可以入画，大景可以入神。一瓯清茗，神能趋入其中，方可供幽斋之玩。种水仙无灵璧石[①]，余尝以炭之有石意者代之。黄芽菜心，其白如玉，取大小五七枝，用沙土植长方盆内，以炭代石，黑白分明，颇有意思。以此类推，幽趣无穷，难以枚举。如石菖蒲结子[2]，用冷米汤同嚼喷炭上，置阴湿地，能长细菖蒲，随意移养盆碗中，茸茸可爱。以老莲子磨薄两头，入蛋壳使鸡翼之，俟雏成取出，用久年燕巢泥加天门冬十分之二[3]，捣烂拌匀，植于小器中，灌以河水，晒以朝阳，花发大如酒杯，叶缩如碗口，亭亭可爱。

注释

①灵壁石：一种点缀盆景的小石头。出自安徽灵壁县，形状奇异，

②石菖蒲：草本植物，形似菖蒲，植株矮小，多栽培供观赏。

③天门冬：亦称“天冬草”，多年生攀援植物，根可入药。

若夫园亭楼阁，套室回廊，叠石成山，栽花取势，又在大中见小，小中见大，虚中有实，实中有虚，或藏或露，或浅或深。不仅在“周回曲折”四字，又不在地广石多徒烦工费。或掘地堆土成山，间以块石，杂以花草，篱用梅编，墙以藤引，则无山而成山矣。大中见小者：散漫处植易长之竹，编易茂之梅以屏之。小中见大者，窄院之墙，宜凹凸其形，饰以绿色，引以藤蔓；嵌大石，凿字作碑记形。推窗如临石壁，便觉峻峭无穷。虚中有实者：或山穷水尽处，一折而豁然开朗；或轩阁设厨处，一开而可通别院。实中有虚者：开门于不通之院，映以竹石，如有实无也；设矮栏于墙头，如上有月台而实虚也。贫士屋少人多，当仿吾乡太平船后梢之位置[1]，再加转移其间。台级为床，前后借凑，可作三塌，间以板而裱以纸，则前后上下皆越绝[2]，譬之如行长路，即不觉其窄矣。余夫妇侨寓扬州时，曾仿此法，屋仅两椽[3]，上下卧室、厨灶、客座

皆越绝，而绰然有余。芸曾笑曰：“位置虽精，终非富贵家气象也。”是诚然欤！

注释

①太平船：有仓可居的小船。

②越绝：即可通，又有隔断。

③两椽：两间房。

余扫墓山中，检有峦纹可观之石。归与芸商曰：“用油灰叠宣州石于白石盆[1]，取色匀也。本山黄石虽古朴，亦用油灰，则黄白相间，凿痕毕露，将奈何？”芸曰：“择石之顽劣者，捣末于灰痕处，乘湿糁之[2]，干或色同也。”乃如其言，用宜兴窑长方盆叠起一峰[3]，偏于左而凸于右，背作横方纹，如云林石法[4]，巉岩凹凸，若临江石矶状。虚一角，用河泥种千瓣白萍。石上植茑萝[5]，俗呼云松。经营数日乃成。至深秋，茑萝蔓延满山，如藤萝之悬石壁。花开正红色，白萍亦透水大放，红白相间。神游其中，如登蓬岛。置之檐下，与芸品题：此处宜设水阁，此处宜立茅亭，此处宜凿六字曰“落花流水之间”，此可以居，此可以钓，此可以眺。胸中丘壑若将移居者然。一夕，猫奴争食，自檐而堕，连盆与架顷刻碎之。余叹曰：“即此小经营，尚干造物忌耶！”两人不禁泪落。

注释

①油灰：用桐油与石灰或石膏调拌而成的粘合剂。

②糁：调拌。

③宜兴窑：江苏宜兴烧制的陶器，以紫砂陶闻名于世。

④云林石法：倪云林所画山石的风格。云林，元代画家倪瓒，号云林子。

⑤茑萝：蔓生植物，花冠红色。

静室焚香，闲中雅趣。芸尝以沉速等香[①]，于饭镬蒸透[②]，在垆上设一铜丝架，离火半寸许，徐徐烘之，其香幽韵而无烟。佛手忌醉鼻嗅，嗅则易烂；木瓜忌出汗[③]，汗出，用水洗之；惟香圆无忌[④]。佛手、木瓜亦有供法，不能笔宣。每有人将供妥者随手取嗅，随手置之，即不知供法者也。

注释

①沉速：沉香、速香，香木名。入水能沉曰沉香，清虚能浮曰速香，亦名黄熟香。

②饭镬：饭锅。

③木瓜：香果。椭圆形，淡黄色，味涩，可作香料。

④香圆：芸香科植物，果实可提取香油。

余闲居，案头瓶花不绝。芸曰："子之插花能备风晴雨露，可谓精妙入神。而画中有草虫一法，盍仿而效之？"余曰："虫踯躅不受制，焉能仿效？"芸曰："有一法，恐作俑罪过耳[①]。"余曰："试言之。"曰："虫死色不变，觅螳螂蝉蝶之属，以针刺死，用细丝扣虫项系花草间，整其足，或抱梗，或踏叶，宛然如生，不亦善乎？"余喜，如其法行之，见者无不称绝。求之闺中，今恐未必有此会心者矣。

余与芸寄居锡山华氏[②]，时华夫人以两女从芸识字。乡居院旷，夏日逼人，芸教其家作"活花屏"法，甚妙。每屏一扇，用木梢二枝，约长四五寸，作矮条凳式，虚其中，横四挡，宽一尺许，四角凿圆眼，插竹编方眼。屏约高六七尺，用砂盆种扁豆置屏中，盘延屏上，两人可移动。多编数屏，随意遮拦，恍如绿阴满窗，透风蔽日，纡回曲折，随时可更，故曰活花屏。有此一法，即一切藤本香草随地可用。此真乡居之良法也。

注释

①作俑：制造陪葬用的偶像。

②锡山：在今江苏无锡西郊，相传周秦时此地产锡，故名。

友人鲁半舫名璋，字春山，善写松柏及梅菊，工隶书，兼工铁笔[①]。余寄居其家之萧爽楼，一年有半。楼共五椽，东向，余居其三。晦明风雨，可以远眺。庭中有木樨一株[②]，清香撩人。有廊有厢，地极幽静。移居时，有一仆一妪，并挈其小女来。仆能成衣，妪能纺绩，于是芸绣、妪绩、仆则成衣，以供薪水。余素爱客，小酌必行令。芸善不费之烹庖，瓜蔬鱼虾，一经芸手，便有意外味。同人知余贫，每出杖头钱[③]，作竟日叙。余又好洁，地无纤尘，且无拘束，不嫌放纵。时有杨补凡名昌绪，善人物写真；袁少迂名沛，工山水；王星澜名岩，工花卉翎毛，爱萧爽楼幽雅，皆携画具来。余则从之学画，写草篆，镌图章，加以润笔[④]，交芸备茶酒供客，终日品诗论画而已。更有夏淡安、揖山两昆季[⑤]，并缪山音、知白两昆季，及蒋韵香、陆橘香、周啸霞、郭小愚，华杏帆、张闲憨诸君子，如梁上之燕，自去自来。芸则拔钗沽酒[⑥]，不动声色，良辰美景，不放轻过。今则天各一方，风流云散，兼之玉碎香埋，不堪回首矣！

注释

①铁笔：篆刻以刀代笔，故称铁笔。

②木樨：即桂花。

③杖头钱：指买酒的钱资。《世说新语·任诞》：阮宣子（修）常步行，以百钱挂杖头，至酒店，便独酣畅。

④润笔：泛指写书作画所得的酬金。

⑤昆季：兄弟，长为昆，幼为季。

⑥拔钗沽酒：卖掉金钗为丈夫买酒。语出唐代元稹诗作《谴悲怀》："顾我无衣搜荩箧，泥她沽酒拔金钗。"

萧爽楼有四忌：谈官宦升迁、公廨时事[①]、八股时文、看牌掷色[②]，有犯必罚酒五斤。有四取：慷慨豪爽、风流蕴藉、落拓不羁、澄静缄默。长夏无事，考对为会[③]。每会八人，每人各携青蚨二百[④]。先拈阄，得第一者为主考，关防别座[⑤]，第二者为誊录[⑥]，亦就座。余作举子，各于誊录处取纸一条，盖用印章。主考出五七言各一句，刻香为限[⑦]，行立构思，不准交头私语。对就后投入一匣，方许就座。各人交卷毕，誊录启匣，并录一册，转呈主考，以杜徇私。十六对中取七言三联，五言三联。六联中取第一者即为后任主考，第二者为誊录。每人有两联不取者罚钱二十文，取一联者免罚十文，过限者倍罚。一场，主考得香钱百文。一日可十场，积钱千文，酒资大畅矣[⑧]。惟芸议为官卷[⑨]，准坐而构思。

注释

①公廨：官署。

②掷色：掷骰子。

③考对为会：以考试对句作为集会。

④青蚨：指钱。青蚨是古代传说中的昆虫，亦称"鱼伯"。《太平御览》九百五十引《淮南万毕术》有"青蚨还钱"之说，即以青蚨血涂钱购物，钱能飞回。

⑤关防别座：作为“临时主考官”坐在一旁。清代正式官员用正方形官印，称之为“印”，临时派遣的官员用长方形官印，称之为“关防”。

⑥誊录：抄写记录的人。

⑦刻香：以燃香计时，燃完一炷香的时间为刻香。

⑧酒资大畅：酒钱非常丰足。

⑨官卷：受到特殊待遇的考生。

杨补凡为余夫妇写载花小影[1]，神情确肖。是夜，月色颇佳，兰影上粉墙，别有幽致。星澜醉后兴发曰：“补凡能为君写真，我能为花图影。”余笑曰：“花影能如人影否?”星澜取素纸铺于墙，即就兰影，用墨浓淡图之。日间取视，虽不成画，而花叶萧疏，自有月下之趣。芸甚宝之，各有题咏。

注释

①载花小影：戴花的肖像。

苏城有南园、北园二处，菜花黄时，苦无酒家小饮。携盒而往，对花冷饮，殊无意味。或议就近觅饮者，或议看花归饮者，终不如对花热饮为快。众议未定，芸笑曰：“明日但各出杖头钱，我自担炉火来。”众笑曰：“诺。”众去，余问曰：“卿果自往乎?”芸曰：“非也，妾见市中卖馄饨者，其担锅灶无不备，盍雇之而往?妾先烹调端整[1]，到彼处再一下锅，茶酒两便。”余曰：“酒菜固便矣，茶乏烹具。”芸曰：“携一砂罐去，以铁叉串罐柄，去其锅，悬于行灶中[2]，加柴火煎茶，不亦便乎?”余鼓掌称善。街头有鲍姓者，卖馄饨为业，以百钱雇其担，约以明日午后，鲍欣然允议。明日，看花者至，余告以故，众咸叹服。

注释

①端整：周全完备。

②行灶：指馄饨担上的灶火。

饭后同往，并带席垫，至南园，择柳阴下团坐。先烹茗，饮毕，然后暖酒烹肴。是时风和日丽，遍地黄金，青衫红袖[1]，越阡度陌[2]，蝶蜂乱飞，令人不饮自醉。既而酒肴俱熟，坐地大嚼，担者颇不俗，拉与同饮。游人见之，莫不羡为奇想。杯盘狼籍，各已陶然，或坐或卧，或歌或啸。红日将颓，余思粥，担者即为买米煮之，果腹而归[3]。芸问曰："今日之游乐乎？"众曰："非夫人之力不及此。"大笑而散。

注释

①青衫红袖：代指男男女女。

②越阡度陌：在田间小道上行走。阡、陌，田间小道，南北为阡，东西为陌。

③果腹：吃饱肚子。

贫士起居服食，以及器皿房舍，宜省俭而雅洁。省俭之法曰"就事论事"。余爱小饮，不喜多菜。芸为置一梅花盒，用二寸白磁深碟六只，中置一只，外置五只，用灰漆就，其形如梅花，底盖均起凹楞，盖之上有柄如花蒂。置之案头，如一朵墨梅覆桌；启盖视之，如菜装于花瓣中。一盒六色，二三知己可以随意取食，食完再添。另做矮边圆盘一只，以便放杯箸酒壶之类，随处可摆，移掇亦便[1]。即食物省俭之一端也。余之小帽领袜皆芸自做，衣之破者，移东补西，必整必洁，色取暗淡，以免垢迹，既可出客，又可家常。此又服饰省俭之一端也。

初至萧爽楼中，嫌其暗，以白纸糊壁，遂亮。夏月楼下去窗，无栏干，觉空洞无遮拦。芸曰："有旧竹帘在，何不以帘代栏？"余曰："如何？"芸曰："用竹数根，黝黑色，一竖一横，留出走路。截半帘搭在横竹上，垂至地，高与桌齐，中竖短竹四根，用麻线扎定，然后于横竹搭帘处，寻旧黑布条，连横竹裹缝之。既可遮拦饰观，又不费钱。"此"就事论事"之一法也。以此推之，古人所谓"竹头木屑皆有用"，良有以也。

夏月荷花初开时，晚含而晓放。芸用小纱囊撮茶叶少许，置花心，明早取出，烹天泉水[②]泡之，香韵尤绝。

注释

①移掇：移动收拾。

②天泉水：雨水。

卷三

坎坷记愁

导读

沈复把“坎坷记愁”安排在第三个章节，可谓别有用心。就《浮生六记》整体而言，“坎坷记愁”形成一个跌宕、一个顿挫、一个低回，与其他三章构成一条由快意——哀婉——快意的情感S线，体现出情感激扬的辩证法。的确，若没有“坎坷记愁”，其“闺房记乐”“闲情记趣”“浪游记快”则显得轻飘和单薄，而“坎坷记愁”只有镶嵌在其他三记中才有事倍功半的情绪感染力。

沈复记愁，拉杂叙之，但其悲剧的顶点，却直指芸的殒灭，也只有芸的殒灭才能将读者击倒，唤起读者强烈的情绪响应，因为其中的落差太大了，巨大的落差形成巨大的艺术张力。最可爱的芸啊，气质神韵风华绝代，为人处世平易可人，形象的丰富性可以满足各个层面读者的情感需求：可以为红颜知己，可以为浪漫情人，更可以为贤妻良母居家过日子。却不料中道溘然长逝，空留下痛泪两行，孤灯一盏，长恨一世。这不得不让人扼腕叹息红颜薄命，造化弄人，在感叹嘘唏之中，读者的心便被悄悄地裹走。

然而，令人纠结的是，我们似乎找不出芸之早夭的原由，我们难以梳理其中的是非曲直。芸之行事谨慎乖巧，时时事事以善意待人，却因一连串无厘头的误会两次被逐出家门，几经辗转，颠沛流离，最后因血疾（吐血之症）而客死扬州，其实是穷愁忧伤而死。但谁是真正的杀人凶手，的确难以裁定。我们当然可以多方面罗织理由，诸如：大户人家，是非众多；姑婆偏信，冷酷无情；芸之情痴，多虑善感；三白迂阔，不善生理。但我们却无法怪罪芸的姑婆，无法怪罪三白，更无法怪罪芸。这似乎只是一种文化，一种习俗，一种历史的惯性，用鲁迅的话说，是“无物之阵”，是“无主名无意识的杀人团”，正是这“无主名无意识的杀人团”挤死了芸这个不合意的人。若上升到哲理层面，此即王国维所谓“悲剧中之悲剧”，找不到酿成悲剧的坏人，无法报仇雪恨，因而也无法得到情感的宣泄，这悲剧便像浓雾般长久地笼罩着。

沈复于芸，一往情深，但“恩爱夫妻不到头”，此沈复平生最痛最憾之事，因而每叙及罹难穷愁便格外用心，尤其是情景描写，细腻而生动，委婉而入情。试看芸第二次被逐出家门的情景：腊月二十五，家家户户准备过年，洋溢着一派祥瑞喜庆的气氛，而芸却要被逐出家门，流寓锡山华氏，此一悲也；为顾及自己与姑舅的颜面，恐遭人耻笑，只得于五鼓悄然离去，此二悲也；临行之时，“暖粥共啜之”，追怀往事，以《吃粥记》强作欢颜，此三悲也；逢森年幼，不忍告知实情，以“出门就医”相诓，临行惊觉，放声嚎哭，母子将成永诀，此四悲也；身体虚弱，疲不能行，“将至舟次，几为逻者所执”，此五悲也！其叙青君之成熟晓事，逢森之懵懂无知，芸之强作欢颜，三白之肝肠寸断……真感天动地，令石人泪落！

悲剧之根源无处寻觅，悲剧之情景触目惊心，悲剧之氛围便挥之不去了。这挥之不去的悲剧氛围游荡在“闺房记乐”“闲情记趣”“浪游记快”之间，使读者在整体的幽闲与快意之中获得一丝苍凉和一份厚重。

人生坎坷何为乎来哉？往往皆自作孽耳！余则非也。多情重诺，爽直不羁，转因之为累[①]。况吾父稼夫公，慷慨豪侠，急人之难，成人之事，嫁人之女、抚人之儿，指不胜屈[②]，挥金如土，多为他人。余夫妇居家，偶有需用，不免典质[③]。始则移东补西，继则左支右绌[④]。谚云："处家人情，非钱不行。"先起小人之议，渐招同室之讥。"女子无才便是德"，真千古至言也！

注释

①转：反而。

②指不胜屈：屈指难以尽数，形容多。

③典质：典当，抵押。

④左支右绌：照顾了左边，右边又显示出短缺不足。形容捉襟见肘，疲于应付。

余虽居长而行三，故上下呼芸为"三娘"。后忽呼为"三太太"[①]，始而戏呼，继成习惯，甚至尊卑长幼，皆以"三太太"呼之，此家庭之变机欤[②]？

注释

①三太太：按例明代中丞以上官吏之妻尚可称"太太"，书中称布衣之妻芸为"太太"，语含讥讽。

②变机：发生变故的先兆。

乾隆乙巳[①]，随侍吾父于海宁官舍[②]。芸于吾家书中附寄小函。吾父曰："媳妇既能笔墨，汝母家信付彼司之[③]。"后家庭偶有闲言，吾母疑其述事不当，乃不令代笔。吾父见信非芸手笔，询余曰："汝妇病耶？"余即作札问之，亦不答。久之，吾父怒曰："想汝妇不屑代笔耳！"迨余归，探知委曲[④]，欲为婉剖[5]，芸急止之曰："宁受责于翁[6]，勿失欢于姑也[7]。"竟不自白。

注释

①乾隆乙巳：乾隆五十年，公元1785年。

②海宁：在今浙江嘉兴南部。

③司：负责掌管。

④委曲：事情的底细和原委。

⑤婉剖：委婉地剖白。

⑥翁：即公公。

⑦姑：即婆婆。

庚戌之春[1]，余又随侍吾父于邗江幕中[2]，有同事俞孚亭者，挈眷居焉。吾父谓孚亭曰："一生辛苦，常在客中，欲觅一起居服役之人而不可得。儿辈果能仰体亲意，当于家乡觅一人来，庶语音相合。"孚亭转述于余，密札致芸，倩媒物色，得姚氏女。芸以成否未定，未即禀知吾母。其来也，托言邻女之嬉游者，及吾父命余接取至署，芸又听旁人意见，托言吾父素所合意者。吾母见之曰："此邻女之嬉游者也，何娶之乎？"芸遂并失爱于姑矣。

注释

①庚戌：乾隆五十五年，公元1790年。

②邗江：在今江苏扬州市郊，此代指扬州。

壬子春[1]，余馆真州[2]。吾父病于邗江，余往省，亦病焉。余弟启堂时亦随侍。芸来书曰："启堂弟曾向邻妇借贷，倩芸作保，现追索甚急。"余询启堂，启堂转以嫂氏为多事，余遂批纸尾曰："父子皆病，无钱可偿，俟启弟归时，自行打算可也。"未几，病皆愈，余仍往真州。芸覆书来，吾父拆视之，中述启弟邻项事，且云："令堂以老人之病[3]，皆由姚姬而起。翁病稍痊，宜密嘱姚托言思家，妾当令其家父母到扬接取。实彼此卸责之计也。"吾父见书怒甚，询启堂以邻项事，答言不知。遂札饬余曰[4]："汝妇背夫借债，谗谤小叔，且称姑曰'令堂'，翁曰'老人'，悖谬之甚！我已专人持札回苏斥逐，汝若稍有人心，亦当知过！"余接此札，如闻青天霹雳，即肃书认罪[5]，觅骑遄归[6]，恐芸之短见也。到家述其本末，而家人乃持逐书至，历斥多过，言甚决绝。芸泣曰："妾固不合妄言，但阿翁当恕妇女无知耳。"越数日，吾父又有手谕至[7]，曰："我不为已甚[8]，汝携妇别居，勿使我见，免我生气足矣。"乃寄芸于外家[9]，而芸以母亡弟出，不愿往依族中。幸友人鲁半舫闻而怜之，招余夫妇往居其家萧爽楼。

越两载，吾父渐知始末，适余自岭南归，吾父自至萧爽楼谓芸曰："前事我已尽知，汝盍归乎？"余夫妇欣然，仍归故宅，骨肉重圆。岂料又有憨园之孽障耶！

注释

①壬子：乾隆五十七年，公元1792年。

②馆真州：在真州做幕僚。真州，今江苏仪征。

③令堂：对人母亲的敬称。此处用来称自己的婆婆，被视为不敬。

④札饬：写信训诫。

⑤肃书认罪：恭敬地写信认错。

⑥遄归：急速回家。

⑦手谕：上对下的亲笔信。

⑧不为已甚：做得不过分。

⑨外家：出嫁女子的娘家。

芸素有血疾[①]，以其弟克昌出亡不返，母金氏复念子病没[②]，悲伤过甚所致。自识憨园，年余未发，余方幸其得良药。而憨为有力者夺去，以千金作聘，且许养其母。佳人已属沙叱利矣[③]。余知之而未敢言也，及芸往探始知之，归而呜咽，谓余曰："初不料憨之薄情乃尔也！"余曰："卿自情痴耳，此中人何情之有哉[④]？况锦衣玉食者，未必能安于荆钗布裙也，与其后悔，莫若无成。"因抚慰之再三。而芸终以受愚为恨，血疾大发，床席支离[⑤]，刀圭无效[⑥]，时发时止，骨瘦形销。不数年而逋负曰增[⑦]，物议日起[⑧]，老亲又以盟妓一端，憎恶日甚，余则调停中立。已非生人之境矣。

注释

①血疾：吐血之疾。

②病没：病亡。"没"通"殁"。

③佳人已属沙叱利：指憨园被有钱有势的人夺走，典出唐传奇《柳氏传》。沙叱利，唐代番将，以武力霸占美貌女子柳氏。

④此中人：指妓院中人。

⑤床席支离：床席之间凌乱不堪，指人卧病不起。

⑥刀圭无效：医治无效。刀圭，古时量取药物的器皿，代指医药。

⑦逋负：债务。

⑧物议：非议。

芸生一女名青君，时年十四，颇知书，且极贤能，质钗典服，幸赖辛劳。子名逢森，时年十二，从师读书。余连年无馆，设一书画铺于家门之内，三日所进，不敷一日所出，焦劳困苦，竭蹶时形[1]。隆冬无裘，挺身而过。青君亦衣单股栗[2]，犹强曰“不寒”。因是芸誓不医药。偶能起床，适余有友人周春煦自福郡王幕中归，倩人绣《心经》一部[3]。芸念绣经可以消灾降福，且利其绣价之丰，竟绣焉。而春煦行色匆匆，不能久待，十日告成。弱者骤劳，致增腰酸头晕之疾。岂知命薄者，佛亦不能发慈悲也！

注释

①竭蹶时形：时常露出穷困潦倒之态。竭蹶：原本指行走困难，此处指生活艰难。

②股栗：大腿发抖。

③《心经》：指佛教《般若波罗蜜多心经》。

绣经之后，芸病转增，唤水索汤，上下厌之。有西人赁屋于余画铺之左，放利债为业，时倩余作画，因识之。友人某向渠借五十金[1]，乞余作保，余以情有难却，允焉，而某竟挟资远遁。西人惟保是问，时来饶舌，初以笔墨为抵，渐至无物可偿。岁底，吾父家居，西人索债，咆哮于门。吾父闻之，召余呵责曰：“我辈衣冠之家，何得负此小人之债?”正剖诉间，适芸有自幼同盟姊适锡山华氏[2]，知其病，遣人问讯。堂上误以为憨园之使，因愈怒曰：“汝妇不守闺训，结盟娼妓；汝亦不思习上，滥伍小人[3]。若置汝死地，情有不忍。姑宽三日限，速自为计，迟必首汝逆矣[4]！”

注释

①渠：他。

②适：嫁与。

③滥伍：随意结交。

④首汝逆：告你忤逆不孝之罪。

芸闻而泣曰："亲怒如此，皆我罪孽。妾死君行，君必不忍；妾留君去，君必不舍。姑密唤华家人来，我强起问之。"因令青君扶至房外，呼华使问曰："汝主母特遣来耶？抑便道来耶？"曰："主母久闻夫人卧病，本欲亲来探望，因从未登门，不敢造次。临行嘱咐，倘夫人不嫌乡居简亵[1]，不妨到乡调养，践幼时灯下之言。"盖芸与同绣日，曾有疾病相扶之誓也。因嘱之曰："烦汝速归，禀知主母，于两日后放舟密来。"其人既退，谓余曰："华家盟姊情逾骨肉，君若肯至其家，不妨同行，但儿女携之同往既不便，留之累亲又不可，必于两日内安顿之。"

注释

①简亵：简陋怠慢。

时余有表兄王荩臣一子名韫石，愿得青君为媳妇。芸曰："闻王郎懦弱无能，不过守成之子，而王又无成可守。幸诗礼之家，且又独子，许之可也。"余谓荩臣曰："吾父与君有渭阳之谊[1]，欲媳青君，谅无不允。但待长而嫁，势所不能。余夫妇往锡山后，君即禀知堂上，先为童媳，何如？"荩臣喜曰："谨如命。"逢森亦托友人夏揖山转荐学贸易。

安顿已定，华舟适至，时庚申之腊二十五日也[2]。芸曰：

"孑然出门，不惟招邻里笑，且西人之项无著，恐亦不放，必于明日五鼓悄然而去。"余曰："卿病中能冒晓寒耶?"芸曰；"死生有命，无多虑也。"密禀吾父，亦以为然。

注释

①渭阳之谊：指舅甥之情，典出《诗经·秦风·渭阳》："我送舅氏，曰至渭阳。"

②庚申：嘉庆五年，公元1800年。

是夜，先将半肩行李挑下船，令逢森先卧。青君泣于母侧，芸嘱曰："汝母命苦，兼亦情痴，故遭此颠沛，幸汝父待我厚，此去可无他虑。两三年内，必当布置重圆[1]。汝至汝家，须尽妇道，勿似汝母。汝之翁姑以得汝为幸，必善视汝。所留箱笼什物，尽付汝带去。汝弟年幼，故未令知，临行时托言就医，数日即归，俟我去远，告知其故，禀闻祖父可也。"旁有旧妪，即前卷中曾赁其家消暑者，愿送至乡，故是时陪侍在侧，拭泪不已。将交五鼓，暖粥共啜之[2]。芸强颜笑曰："昔一粥而聚，今一粥而散，若作传奇，可名《吃粥记》矣。"逢森闻声亦起，呻曰："母何为?"芸曰："将出门就医耳。"逢森曰："起何早?"曰："路远耳。汝与姊相安在家，毋讨祖母嫌。我与汝父同往，数日即归。"鸡声三唱，芸含泪扶妪，启后门将出，逢森忽大哭曰："噫，我母不归矣!"青君恐惊人，急掩其口而慰之。当是时，余两人寸肠已断，不能复作一语，但止以"勿哭"而已。青君闭门后，芸出巷十数步，已疲不能行，使妪提灯，余背负之而行。将至舟次[3]，几为逻者所执，幸老妪认芸为病女，余为婿，且得舟子（皆华氏工人）闻声接应，相扶下船。解维后，芸始放声痛哭。是行也，其母子已成永诀矣！

注释

①布置：安排、谋划。

②啜：喝。

③舟次：泊船的地方。次，止、停留。

华名大成，居无锡之东高山，面山而居，躬耕为业，人极朴诚。其妻夏氏，即芸之盟姊也。是日午未之交[1]，始抵其家。华夫人已倚门而待，率两小女至舟，相见甚欢。扶芸登岸，款待殷勤。四邻妇人孺子哄然入室，将芸环视，有相问讯者，有相怜惜者，交头接耳，满屋啾啾。芸谓华夫人曰："今日真如渔父入桃源矣。[2]"华曰："妹莫笑，乡人少所见多所怪耳。"自此相安度岁。

注释

①午未之交：大约下午一点。

②桃源：即世外桃源，喻华氏之乡远离尘俗，安逸淳朴。典出陶渊明的《桃花源记》。

至元宵，仅隔两旬，而芸渐能起步。是夜，观龙灯于打麦场中，神情态度渐可复元。余乃心安，与之私议曰："我居此非计，欲他适，而短于资，奈何?"芸曰："妾亦筹之矣。君姊丈范惠来现于靖江盐公堂司会计[1]，十年前曾借君十金，适数不敷[2]，妾典钗凑之，君忆之耶?"余曰："忘之矣。"芸曰："闻靖江去此不远，君盍一往?"余如其言。

注释

①靖江：县名，在今江苏长江北岸。

②适数不敷：刚好钱的数目不够。不敷，不足、不够。

时天颇暖，织绒袍哔叽短褂，犹觉其热，此辛酉正月十六日也[①]。是夜宿锡山客旅，赁被而卧。晨起，趁江阴航船，一路逆风，继以微雨。夜至江阴江口，春寒彻骨，沽酒御寒，囊为之罄[②]。踌躇终夜，拟卸衬衣质钱而渡。十九日，北风更烈，雪势犹浓，不禁惨然泪落，暗计房资渡费，不敢再饮。正心寒股栗间，忽见一老翁，草鞋毡笠负黄包，入店，以目视余，似相识者。余曰："翁非泰州曹姓耶？"答曰："然。我非公，死填沟壑矣！今小女无恙，时诵公德。不意今日相逢，何逗留于此？"盖余幕泰州时，有曹姓，本微贱，一女有姿色，已许婿家，有势力者放债谋其女，致涉讼，余从中调护，仍归所许，曹即投入公门为隶，叩首作谢，故识之。余告以投亲遇雪之由，曹曰："明日天晴，我当顺途相送。"出钱沽酒，备极款洽[③]。廿日，晓钟初动，即闻江口唤渡声。余惊起，呼曹同济。曹曰："勿急，宜饱食登舟。"乃代偿房饭钱，拉余出沽。余以连日逗留，急欲赶渡，食不下咽，强啖麻饼两枚。及登舟，江风如箭，四肢发战。曹曰："闻江阴有人缢于靖，其妻雇是舟而往，必俟雇者来始渡耳。"枵腹忍寒[④]，午始解缆。至靖，暮烟四合矣。曹曰："靖有公堂两处，所访者城内耶？城外耶？"余踉跄随其后，且行且对曰："实不知其内外也。"曹曰："然则且止宿，明日往访耳。"进旅店，鞋袜已为泥淤湿透，索火烘之，草草饮食，疲极酣睡。晨起，袜烧其半，曹又代偿房饭钱。访至城中，惠来尚未起，闻余至，披衣出，见余

状惊曰："舅何狼狈至此？"余曰："姑勿问，有银乞借二金，先遣送我者。"惠来以番饼二圆授余[⑤]，即以赠曹。曹力却，受一圆而去。余乃历述所遭，并言来意。惠来曰："郎舅至戚，即无宿逋[⑥]，亦应竭尽绵力，无如航海盐船新被盗，正当盘帐之时，不能挪移丰赠，当勉措番银二十圆以偿旧欠，何如？"余本无奢望，遂诺之。留住两日，天已晴暖，即作归计。

注释

①辛酉：嘉庆六年，公元1801年。

②囊为之罄：钱袋中的钱已经用完。

③款洽：亲切融洽。

④枵腹：空着肚子。枵，原意为空了心的树。

⑤番饼：即番银。当时对流入我国的外国银币的俗称。

⑥宿逋：旧债。

廿五日仍回华宅。芸曰："君遇雪乎？"余告以所苦。因惨然曰："雪时，妾以君为抵靖，乃尚逗留江口。幸遇曹老，绝处逢生，亦可谓吉人天相矣。"越数日，得青君信，知逢森已为揖山荐引入店，荩臣请命于吾父，择正月二十四日将伊接去。儿女之事粗能了了，但分离至此，令人终觉惨伤耳。

二月初，日暖风和，以靖江之项薄备行装，访故人胡肯堂于邗江盐署。有贡局众司事公延入局[①]，代司笔墨，身心稍定。至明年壬戌八月[②]，接芸书曰："病体全瘳[③]，惟寄食于非亲非友之家，终觉非久长之策，愿亦来邗，一睹平山之胜。"余乃赁屋于邗江先春门外，临河两椽，自至华氏接芸同行。华夫人赠一小奚奴曰阿双[④]，帮司炊爨[⑤]，并订他年结邻之约。

注释

①贡局：管理赋税的衙门。公延：一起推举。

②壬戌：嘉庆七年，公元1802年。

③瘳：病愈。

④小奚奴：小女仆。

⑤炊爨：烧火做饭。

时已十月，平山凄冷，期以春游。满望散心调摄[1]，徐图骨肉重圆。不满月，而贡局司事忽裁十有五人，余系友中之友，遂亦散闲。芸始犹百计代余筹画，强颜慰藉，未尝稍涉怨尤。至癸亥仲春[2]，血疾大发。余欲再至靖江作将伯之呼[3]，芸曰："求亲不如求友。"余曰："此言虽是，奈友虽关切，现皆闲处，自顾不遑[4]。"芸曰："幸天时已暖，前途可无阻雪之虑，愿君速去速回，勿以病人为念。君或体有不安，妾罪更重矣。"时已薪水不继，余佯为雇骡以安其心，实则囊饼徒步，且食且行。向东南，两渡叉河，约八九十里，四望无村落。至更许，但见黄沙漠漠，明星闪闪，得一土地祠，高约五尺许，环以短墙，植以双柏。因向神叩首，祝曰："苏州沈某投亲失路至此，欲假神祠一宿，幸神怜佑。"于是移小石香炉于旁，以身探之，仅容半体。以风帽反戴掩面，坐半身于中，出膝于外，闭目静听，微风萧萧而已。足疲神倦，昏然睡去。及醒，东方已白，短墙外忽有步语声，急出探视，盖土人赶集经此也[5]。问以途，曰："南行十里即泰兴县城，穿城向东南十里一土墩，过八墩即靖江，皆康庄也。"余乃反身，移炉于原位，叩首作谢而行。过泰兴，即有小车可附。申刻抵靖[6]。投刺焉[7]。良久，司阍者曰[8]："范爷因公往常州去矣。"察其辞色，似有推托，余诘之曰："何日可归？"曰："不知也。"余曰："虽一年亦将待之。"阍者会余意，私问曰："公与范爷嫡郎舅耶？"余曰："苟非嫡者，不待其归矣。"阍者曰："公姑待之。"越三日，乃以回靖告，共挪二十五金。

注释

①调摄：调理将养。

②癸亥：嘉庆八年，公元1803年。

③将伯：求助。《诗经·小雅·正月》："将伯助予！"意为请长者帮助我。后遂以"将伯之呼"表示求助。

④自顾不遑：自顾不暇。遑，闲暇。

⑤土人：当地人。

⑥申刻：下午三点至五点之间。

⑦投刺：递上名帖。

⑧司阍者：守门人。

雇骡急返，芸正形容惨变，咻咻涕泣①。见余归，卒然曰②："君知昨午阿双卷逃乎？倩人大索，今犹不得。失物小事，人系伊母临行再三交托，今若逃归，中有大江之阻，已觉堪虞③，倘其父母匿子图诈，将奈之何？且有何颜见我盟姊？"余曰："请勿急，卿虑过深矣。匿子图诈，诈其富有也，我夫妇两肩担一口耳，况携来半载，授衣分食，从未稍加扑责④，邻里咸知。此实小奴丧良，乘危窃逃。华家盟姊赠以匪人⑤，彼无颜见卿，卿何反谓无颜见彼耶？今当一面呈县立案，以杜后患可也。"芸闻余言，意似稍释。然自此梦中呓语，时呼："阿双逃矣！"或呼："憨何负我！"病势日以增矣。

注释

①咻咻：喘气声。

②卒然：突然，急忙。“卒”通“猝”。

③堪虞：令人担忧。

④扑责：鞭打责骂。

⑤匪人：行为不端的人。

余欲延医诊治，芸阻曰；“妾病始因弟亡母丧，悲痛过甚，继为情感，后由忿激，而平素又多过虑，满望努力做一好媳妇，而不能得，以至头眩、怔忡诸症毕备[①]，所谓病入膏肓，良医束手，请勿为无益之费。忆妾唱随二十三年[②]，蒙君错爱，百凡体恤，不以顽劣见弃，知己如君，得婿如此，妾已此生无憾！若布衣暖，菜饭饱，一室雍雍[③]，优游泉石，如沧浪亭、萧爽楼之处境，真成烟火神仙矣[④]。神仙几世才能修到，我辈何人，敢望神仙耶？强而求之，致干造物之忌[⑤]，即有情魔之扰。总因君太多情，妾生薄命耳！”因又呜咽而言曰：“人生百年，终归一死。今中道相离，忽焉长别，不能终奉箕帚[⑥]、目睹逢森娶妇，此心实觉耿耿[⑦]。”言已，泪落如豆。余勉强慰之曰：“卿病八年，恹恹欲绝者屡矣，今何忽作断肠语耶？”芸曰：“连日梦我父母放舟来接，闭目即飘然上下，如行云雾中，殆魂离而躯壳存乎？”余曰：“此神不收舍，服以补剂，静心调养，自能安痊。”芸又欷歔曰：“妾若稍有生机一线，断不敢惊君听闻。今冥路已近[⑧]，苟再不言，言无日矣。君之不得亲心[⑨]，流离颠沛，皆由妾故，妾死则亲心自可挽回，君亦可免牵挂。堂上春秋高矣[⑩]，妾死，君宜早归。如无力携妾骸骨归，不妨暂厝于此[⑪]，待君将来可耳。愿君另续德容兼备者，

以奉双亲，抚我遗子，妾亦瞑目矣。”言至此，痛肠欲裂，不觉惨然大恸。余曰：“卿果中道相舍，断无再续之理，况‘曾经沧海难为水，除却巫山不是云’耳⑫。”芸乃执余手而更欲有言，仅断续叠言“来世”二字，忽发喘，口噤，两目瞪视，千呼万唤已不能言。痛泪两行，涔涔流溢。既而喘渐微，泪渐干，一灵缥缈，竟尔长逝！时嘉庆癸亥三月三十日也。当是时，孤灯一盏，举目无亲，两手空拳，寸心欲碎。绵绵此恨，曷其有极⑬！承吾友胡省堂以十金为助，余尽室中所有，变卖一空，亲为成殓⑭。

注释

①怔忡：中医病症名，是以心跳剧烈，不能自安，而又持续不断为主要表现的心悸。

②唱随：夫唱妇随。指嫁到沈家。

③一室雍雍：一家人和和睦睦。雍雍：和洽貌。

④烟火神仙：食人间烟火的神仙。指人间神仙。

⑤干造物之忌：冒犯造物主的忌讳。

⑥奉箕帚：指妇女操持家务，侍奉丈夫。

⑦耿耿：心事不宁。

⑧冥路：通向阴间之路。

⑨不得亲心：得不到父母双亲的欢心。

⑩春秋：年岁。

⑪厝：停柩待葬或浅埋以待改葬。

⑫“曾经沧海难为水，除却巫山不是云”：语出唐代元稹诗《离思》。形容经历了一段刻骨铭心的感情之后，不会再为别情所动。

⑬曷其有极：哪里有尽头。

⑭成殓：给死者穿衣入棺。

呜呼！芸一女流，具男子之襟怀才识。归吾门后，余日奔走衣食，中馈缺乏，芸能纤悉不介意。及余家居，惟以文字相辩析而已。卒之疾病颠连，赍恨以没[①]，谁致之耶？余有负闺中良友，又何可胜道哉！奉劝世间夫妇，固不可彼此相仇，亦不可过于情笃。语云“恩爱夫妻不到头”，如余者，可作前车之鉴也。

注释

①赍恨以没：含恨而死。赍，怀抱着。

回煞之期[①]，俗传是日魂必随煞而归，故居中铺设一如生前，且须铺生前旧衣于床上，置旧鞋于床下，以待魂归瞻顾。吴下相传谓之“收眼光”。延羽士作法[②]，先召于床而后遣之，谓之“接眚”[③]。邗江俗例：设酒肴于死者之室，一家尽出，调之“避眚”[④]。以故有因避被窃者。芸娘眚期，房东因同居而出避，邻家嘱余亦设肴远避。余冀魄归一见，姑漫应之。同乡张禹门谏余曰：“因邪入邪，宜信其有，勿尝试也。”余曰：“所以不避而待之者，正信其有也。”张曰：“回煞犯煞不利生人[⑤]，夫人即或魂归，业已阴阳有间，窃恐欲见者无形可接，应避者反犯其锋耳。”时余痴心不昧[⑥]，强对曰：“死生有命。君果关切，伴我何如?”张曰：“我当于门外守之，君有异见，一呼即入可也。”余乃张灯入室，见铺设宛然而音容已杳[⑦]，不禁心伤泪涌。又恐泪眼模糊失所欲见，忍泪睁目，坐床而待。抚其所遗旧服，香泽犹存，不觉柔肠寸断，冥然昏去。转念待魂而来，何遽睡耶？开目四视，见席上双烛青焰荧荧，缩光如豆，毛骨悚然，通体寒栗。因摩两手擦额，细瞩之，双焰渐起，高至尺许，纸裱顶格几被所焚。余正得借光四顾间，光忽又缩如前。此时心舂股栗，欲呼守者进观，而转念柔魂弱魄，恐为盛阳所逼，悄呼芸名而祝之，满室寂然，一无所见，既而烛焰复明，不复腾起矣。出告禹门，服余胆壮，不知余实一时情痴耳。

注释

①回煞：旧时以为人死后不久，灵魂会返回生前住宅一次，此时魂气带有凶煞，生人宜回避。

②羽士：即道士。道教认为人经过修行可以羽化成仙，故称道士为羽士。

③接眚：人死后若干日，丧家请术士招亡魂还家，称之“接眚”。

④避眚：避亡灵，以免遭遇凶煞之气。

⑤犯煞：冲撞了亡灵的凶煞之气。

⑥不昧：不隐藏。

⑦宛然：依然。

芸没后，忆和靖“妻梅子鹤”语[①]，自号梅逸。权葬芸于扬州西门外之金桂山，俗呼郝家宝塔。买一棺之地，从遗言寄于此。携木主还乡[②]，吾母亦为悲悼，青君、逢森归来，痛哭成服[③]。启堂进言曰：“严君怒犹未息，兄宜仍往扬州，俟严君归里，婉言劝解，再当专札相招。”余遂拜母别子女，痛哭一场，复至扬州，卖画度日。因得常哭于芸娘之墓，影单形只，备极凄凉，且偶经故居，伤心惨目。重阳日，邻冢皆黄，芸墓独青，守坟者曰：“此好穴场，故地气旺也。”余暗祝曰：

“秋风已紧，身尚衣单，卿若有灵，佑我图得一馆，度此残年，以待家乡信息。”未几，江都幕客章驭庵先生欲回浙江葬亲[4]，倩余代庖三月[5]，得备御寒之具。封篆出署[6]，张禹门招寓其家。张亦失馆，度岁艰难，商于余，即以余赀二十金倾囊借之[7]，且告曰：“此本留为亡荆扶柩之费[8]，一俟得有乡音，偿我可也。”是年，即寓张度岁，晨占夕卜，乡音殊杳。

注释

①和靖：北宋诗人林逋，钱塘人，隐居西湖孤山，终身不仕不娶，赏梅养鹤，人称其“梅妻鹤子”。卒谥和靖先生。

②木主：死者的灵牌。

③成服：按照与死者的亲疏关系穿上不同的丧服叫成服。

④江都：即扬州。隋朝时扬州曾定为行都，故有此称。

⑤代庖：代替别人做事，典出《庄子》“越俎代庖”。

⑥封篆出署：封上官印离开官署，指办好交接后离去。

⑦赀：同“资”。

⑧为亡荆扶柩之费：作为护送亡妻灵柩回乡的费用。

至甲子三月[1]，接青君信，知吾父有病。即欲归苏，又恐触旧忿。正趑趄观望间[2]，复接青君信，始痛悉吾父业已辞世。刺骨痛心，呼天莫及。无暇他计，即星夜驰归，触首灵前，哀号流血。呜呼！吾父一生辛苦，奔走于外。生余不肖，既少承欢膝下，又未侍药床前，不孝之罪，何可逭哉[3]！吾母见余哭，曰：“汝何此日始归耶？”余曰：“儿之归，幸得青君孙女信也。”吾母目余弟妇，遂嘿然[4]。余入幕守灵，至七终[5]，无一人以家事告，以丧事商者。余自问人子之道已缺[6]，故亦无颜询问。

注释

①甲子：嘉庆九年，公元1804年。

②趑趄：指犹豫不前。

③逭：逃避。

④嘿然：同“默然”。

⑤七终：守丧七七四十九天。

⑥人子之道：即孝道。

一日，忽有向余索逋者，登门饶舌[①]，余出应曰，“欠债不还，固应催索，然吾父骨肉未寒，乘凶追呼，未免太甚。”中有一人私谓余曰：“我等皆有人招之使来，公且避出，当向招我者索偿也。”余曰：“我欠我偿，公等速退！”皆唯唯而去。余因呼启堂谕之曰：“兄虽不肖，并未作恶不端，若言出嗣降服[②]，从未得过纤毫嗣产。此次奔丧归来，本人子之道，岂为争产故耶？大丈夫贵乎自立，我既一身归，仍以一身去耳！”言已，返身入幕，不觉大恸。叩辞吾母，走告青君，行将出走深山，求赤松子于世外矣[③]。

注释

①索逋：讨债。

②出嗣降服：过继给别人的人子降低一等为父母亲服丧。

③赤松子：道教传说中的仙人。见《列仙传》。

青君正劝阻间，友人夏南熏字淡安、夏逢泰字揖山两昆季寻踪而至，抗声谏余曰[①]：“家庭若此，固堪动忿，但足下父死而母尚存，妻丧而子未立，乃竟飘然出世，于心安乎。”余曰：“然则如之何？”淡安曰：“奉屈暂居寒舍，闻石琢堂殿撰有告假回籍之信②，盍俟其归而往谒之③？其必有以位置君也。”余曰：“凶丧未满百日，兄等有老亲在堂，恐多未便。”揖山曰：“愚兄弟之相邀，亦家君意也。足下如执以为不便，西邻有禅寺，方丈僧与余交最善，足下设榻于寺中，何如？”余诺之。青君曰：“祖父所遗房产，不下三四千金，既已分毫不取，岂自己行囊亦舍去耶？我往取之，径送禅寺父亲处可也。”因是于行囊之外，转得吾父所遗图书、砚台、笔筒数件。

注释

①抗声：高声、大声。

②殿撰：即状元。明清进士一甲第一名授翰林院修撰，简称殿撰，故状元亦称殿撰。

③谒：拜见。

寺僧安置予于大悲阁。阁南向，向东设神像，隔西首一间，设月窗，紧对佛龛①，本为作佛事者斋食之地，余即设榻其中。临门有关圣提刀立像②，极威武。院中有银杏一株，大三抱，荫覆满阁，夜静风声如吼。揖山常携酒果来对酌，曰：“足下一人独处，夜深不寐，得无畏怖耶？”余曰：“仆一生坦直，胸无秽念，何怖之有？”居未几，大雨倾盆，连宵达旦三十余天，时虑银杏折枝，压梁倾屋，赖神默佑，竟得无恙。而外之墙坍屋倒者不可胜计，近处田禾俱被漂没。余则日与僧人作画，不见不闻。七月初，天始霁③，揖山尊人号莼芗有交易赴崇明④，偕余往，代笔书券得二十金。归，值吾父将安葬，启堂命逢森向余曰：“叔因葬事乏用，欲助一二十金。”余拟倾囊与之，揖山不允，分帮其半。余即携青君先至墓所，葬既毕，仍返大悲阁。九月杪[5]，揖山有田在东海永泰沙[6]，又偕余往收其息。盘桓两月，归已残冬，移寓其家雪鸿草堂度岁。真异姓骨肉也。

注释

①佛龛：供奉佛像的石室或柜子。

②关圣：关公，关羽，三国蜀汉大将。关羽在明清被封为“三界伏魔大帝神威远镇天尊关圣帝君”和“忠义神武关圣大帝”，简称“关帝”或“关圣”。

③霁：雨后或雪后转晴。

④尊人：对父母的敬称，在此指父亲。

⑤九月杪：九月底。

⑥东海：县名，在江苏北部。

乙丑七月[1]，琢堂始自都门回籍。琢堂名韫玉，字执如，琢堂其号也，与余为总角交[2]。乾隆庚戌殿元[3]，出为四川重庆守[4]。白莲教之乱[5]，三年戎马，极著劳绩。及归，相见甚欢。旋于重九日挈眷重赴四川重庆之任，邀余同往。余即叩别吾母于九妹倩陆尚吾家[6]，盖先君故居已属他人矣。吾母嘱曰“汝弟不足恃，汝行须努力。重振家声，全望汝也！”逢森送余至半途，忽泪落不已，因嘱勿送而返。

注释

①乙丑：嘉庆十年，公元1805年。

②总角交：儿时的朋友。总角，指童年。古时儿童发髻向上分开如动物之角，故以总角代指童年。

③乾隆庚戌：乾隆五十五年，公元1790年。殿元：殿试第一名，即状元。

④守：太守。此为刺史或知府的别称。

⑤白莲教：亦称白莲社，一种秘密宗教组织，起源于宋代，嘉庆元年到十年，川、楚、陕有白莲教大起义。

⑥妹倩：妹夫。

舟出京口[①]，琢堂有旧交王惕夫孝廉在淮扬盐署[②]，绕道往晤，余与偕往，又得一顾芸娘之墓。返舟由长江溯流而上，一路游览名胜。至湖北之荆州，得升潼关观察之信[③]，遂留余与其嗣君敦夫眷属等[④]，暂寓荆州，琢堂轻骑减从至重庆度岁，遂由成都历栈道之任[⑤]。丙寅二月[⑥]，川眷始由水路往，至樊城登陆[⑦]。途长费巨，车重人多，毙马折轮，备尝辛苦。抵潼关甫三月[⑧]，琢堂又升山左廉访[⑨]，清风两袖，眷属不能偕行，暂借潼川书院作寓。十月杪，始支山左廉俸[⑩]，专人接眷。附有青君之书，骇悉逢森于四月间夭亡。始忆前之送余堕泪者，盖父子永诀也。呜呼！芸仅一子，不得延其嗣续耶！琢堂闻之，亦为之浩叹，赠余一妾，重入春梦。从此扰扰攘攘，又不知梦醒何时耳。

注释

①京口：今江苏镇江。

②孝廉：明清时对举人的俗称。

③观察：清代对道员的俗称。

④嗣君：原指继位的国君，也指太子，后用为对人长子的尊称。

⑤之任：上任。

⑥丙寅：嘉庆十一年，公元1806年。

⑦樊城：今湖北襄阳。

⑧甫：刚刚。

⑨山左廉访：山东廉访使。旧称山东为山左。

⑩廉俸：俸禄。

卷四

浪游记快

导读

“浪游记快”是沈复的独角戏，是其行万里路之胸中丘壑的全面展示，足迹之广，遍及中国。倘若论及游历之广博，由于交通工具的便利，今人甚或过之，但今人更多的是到此一游的观光客，是对旅游资源的占有和炫耀。而沈复则不同，其浪游之可贵，不在足迹之广，而在独特的审美眼光：“凡事喜独出己见，不屑随人是非”。

沈复的独出己见首先表现在“人珍我弃、人弃我取”，于山水名胜，“贵乎心得”，丝毫不顾及其名气的大小。西湖、虎丘，可谓誉满天下，而沈复只是略略提及，点到即止，更有甚者，对万人景仰的京城干脆一字不提。而对于名不见经传的无隐庵、上沙村之徐园、东海永泰沙、荆州刘氏废园却情有独钟，描写得形神兼备，绰约多姿。看看他笔下的东海永泰沙，景致苍莽辽阔，民风强悍古朴，在此情景的感染下，作者“肆无忌惮”，大俗大雅，“牛背狂歌，沙头醉舞，随其兴之所至”，俨然葛天氏之民，其无拘无束之情态令人神往。即使是为人熟知的名胜，沈复也一定要剔除常见，用别样的眼光，看出别一种美来。譬如文人骚客喜欢题咏的黄鹤楼，无非是晴川历历、芳草萋萋，白云悠悠、烟波浩渺，再辅之以神话传说，以生今昔之叹。三白却以雪写黄鹤楼，在一片冰心之中生琼瑶之想，的确令人眼睛一亮。

沈复独出己见的第二大特点便是雅近天然，不事雕饰。在沈复的心目中，大多数园林都只能以“艳妆美人目之，不可作浣纱

溪上观也”，此等见解可谓精辟而犀利。凡园林，总赖人力，无论怎样巧夺天工，也只是巧而已，与造化之鬼斧神工相比，总隔了一层。与自然山水相比，园林也的确只是“艳妆美人”。抱着这种“雅近天然”的审美眼光，沈复对园林不免有些苛刻。为人称道的西湖诸景，如湖心亭、六一泉、玛瑙寺，在沈复看来“皆不脱脂粉气，反不及小静室之幽僻，雅近天然。虎丘胜景，稍入沈复法眼的只有“千顷云”“剑池”而已，“余皆半借人工，且为脂粉所污，已失山林本相。即新起之白公祠、塔影桥，不过留雅名耳。其冶坊滨，余戏改为“野芳滨”，更不过脂乡粉队，徒形其妖冶而已。”需要说明的是，沈复虽然力挺“雅近天然”的审美主张，却心到手不到，难以真正做到“雅近天然”。究其原因，与其姑苏古城的出身脱不了干系，自幼为苏州园林所熏染，生命的符码里印着苏州园林的烙印，其“雅近天然”自然就会打些折扣。此外，还是因为姑苏古城的出身，使其带有江南才子的审美偏好，对玲珑秀雅之美独具慧眼，而对苍莽雄宕之景则有些隔膜。正因为如此，其叙写潼关就有些小气，依稀有苏州园林模样。

沈复独出己见的最大亮点是以阅文的眼光去观景。譬如“平山堂”，是一个巨大的园林群落，难以整体把握，沈复则以阅文的眼光来介绍，布局谋篇，起承转合，曲尽其妙。观景如阅文，这的确是沈复的一大创造。园林在于视觉，文章在于精神，拿阅读文章的视角去看园林，会更关注园林的气韵风神，如结构上的起承转合，节奏上的舒徐缓急、抑扬顿挫，气质上的刚柔俗雅，如此，园林便是一个活脱脱的生命，不落呆相。

沈复浪游有独特眼光，记游亦有不二法门。就大处而言，以习幕从商作为浪游的整体线索，既避免了流水账似的景点堆砌，又在习幕从商的奔走流离中渗入作者的喜怒哀乐之情，使浪游生动而有变化。从局部而论，沈复尽量避免静态刻画，力求写出动态中的活的风景。譬如写荒无人烟的无隐寺，沈复就两次使用同游者的惊呼来写活的风景："忽闻忆香音在树杪，呼曰：'三白速来，此间有妙境！'"……"忽又闻云客于楼西呼曰：'忆香速来，此地更有妙境！'"在这里，忆香、云客之呼的确是生花妙笔！一为结构手段，让庞杂的叙述变得秩序井然；二为气氛酿造，让死寂的幽静带点生气和活力；三为情绪点染，让杳无人迹之景变成眼中之景，景也就转换成了一种情致。

需要严肃指出的是，"浪游记快"以五分之一的篇幅记叙了沈复在广州嫖娼狎妓的艳遇，虽然对妓女用情专一，"心甚德之"，且选择喜儿的原因是因为她身上有芸的影子，但这都只是遮羞布，与秀峰相比，五十步笑百步而已。且不说拿喜儿比芸是对芸的玷污，单说在妓女身上打了水漂的一百多两银子，若用在生计艰难之时，该派多大的用场。观其"半年一觉扬帮梦，赢得花船薄幸名"的自我打趣，完全是一副洋洋自得之态，充分体现出江南才子的文化劣根性。没有必要为贤者讳，宜拒之戒之，弃之唾之！

余游幕三十年来，天下所未到者，蜀中、黔中与滇南耳。惜乎轮蹄征逐，处处随人，山水怡情，云烟过眼，不过领略其大概，不能探僻寻幽也。余凡事喜独出己见，不屑随人是非，即论诗品画，莫不存人珍我弃、人弃我取之意，故名胜所在，贵乎心得，有名胜而不觉其佳者，有非名胜而自以为妙者，聊以平生历历者记之。

余年十五时，吾父稼夫公馆于山阴赵明府幕中[①]。有赵省斋先生名传者，杭之宿儒也[②]，赵明府延教其子，吾父命余亦拜投门下。暇日出游，得至吼山[③]，离城约十余里，不通陆路。

近山见一石洞，上有片石，横裂欲堕，即从其下荡舟入，豁然空其中，四面皆峭壁，俗名之曰“水园”。临流建石阁五椽，对面石壁有“观鱼跃”三字。水深不测，相传有巨鳞潜伏[④]。余投饵试之，仅见不盈尺者出而唼食焉[⑤]。阁后有道通旱园，拳石乱矗，有横阔如掌者，有柱石平其顶而上加大石者，凿痕犹在，一无可取。游览既毕，宴于水阁，命从者放爆竹，轰然一响，万山齐应，如闻霹雳声。此幼时快游之始。惜乎兰亭[⑥]、禹陵未能一到[⑦]，至今以为憾。

注释

①馆于山阴赵明府幕中：在山阴赵县令府中做幕僚。山阴，今浙江绍兴，因在会稽山之阴（北）而得名。明府，对县令的尊称。

②宿儒：素有声望的学者。

③吼山：在绍兴东，亦名，相传春秋时范蠡在此养狗以献吴王，故名。

④巨鳞：大鱼。

⑤唼食：水鸟或鱼吞食。

⑥兰亭：在今绍兴西南。东晋王羲之曾与四十一位名士在此诗酒雅集，作《兰亭序》记之。

⑦禹陵：大禹的陵墓，在今浙江绍兴会稽山上。

至山阴之明年，先生以亲老不远游，设帐于家[①]，余遂从至杭，西湖之胜因得畅游。结构之妙，予以龙井为最[②]，小有天园次之。石取天竺之飞来峰[③]，城隍山之瑞石古洞[④]。水取玉泉[⑤]，以水清多鱼，有活泼趣也。大约至不堪者[⑥]，葛岭之玛瑙寺[⑦]。其余湖心亭[⑧]、六一泉诸景[⑨]，各有妙处，不能尽述，然皆不脱脂粉气，反不如小静室之幽僻，雅近天然。

注释

①设帐：指开馆授学。

②龙井：在西湖西南风篁岭上，以产茶著名。

③飞来峰：山峰名，在杭州灵隐寺前。相传印度僧人慧理感叹此山很像天竺国的灵鹫山，“不知何以飞来”，故名“飞来峰”。

④瑞石古洞：在城隍山，今名吴山，洞以奇石闻名。

⑤玉泉：位于栖霞山与灵隐山之间的晴芝坞口，泉水晶莹如玉，故名。

⑥不堪者：经不起一看的。

⑦葛岭之玛瑙寺：葛岭，在西湖北面，相传葛洪在此炼丹修行，故名。玛瑙寺，在杭州，建于五代，北宋高僧智圆重修，元末被毁，明代永乐年间修复。

⑧湖心亭：在西湖中，始名振鹭亭，又名清喜阁。

⑨六一泉：在孤山西南，六一居士欧阳修曾在此居住，故名。

苏小墓在西泠桥侧[①]，土人指示，初仅半丘黄土而已，乾隆庚子[②]，圣驾南巡，曾一询及，甲辰春[③]，复举南巡盛典，则苏小墓已石筑其坟，作八角形，上立一碑，大书曰：“钱塘苏小小之墓。”从此吊古骚人不须徘徊探访矣！余思古来烈魄贞魂堙没不传者，固不可胜数，即传而不久者亦不为少，小小一名妓耳，自南齐至今，尽人而知之，此殆灵气所钟，为湖山点缀耶？桥北数武有崇文书院，余曾与同学赵缉之投考其中。时值长夏，起极早，出钱塘门，过昭庆寺，上断桥[④]，坐石栏上。旭日将升，朝霞映于柳外，尽态极妍。白莲香里，清风徐来，令人心骨皆清。步至书院，题犹未出也。午后缴卷，偕绢之纳凉于紫云洞[5]，大可容数十人，石窍上透日光。有人设短几矮凳，卖酒于此。解衣小酌，尝鹿脯甚妙[6]，佐以鲜菱雪藕，微酣出洞。绢之曰："上有朝阳台，颇高旷，盍往一游？"余亦兴发，奋勇登其巅，觉西湖如镜，杭城如丸，钱塘江如带，极目可数百里。此生平第一大观也。坐良久，阳乌将落，相携下山，南屏晚钟动矣[7]。韬光、云栖路远未到[8]，其红门局之梅花、姑姑庙之铁树，不过尔尔。紫阳洞予以为必可观[9]，而访寻得之，洞口仅容一指，涓涓流水而已，相传中有洞天，恨不能抉门而入[10]。

注释

①苏小墓：南齐名妓苏小小的葬处。

②乾隆庚子：乾隆四十五年，公元1780年。

③甲辰：乾隆四十九年，公元1784年。

④断桥：在西湖白堤上，"断桥残雪"为西湖十景之一。

⑤紫云洞：在栖霞岭上。洞中岩石略显紫色，阳光从岩石缝隙间射入，洞内如紫云缭绕，故名。

⑥鹿脯：干鹿肉。

⑦南屏晚钟：西湖南屏山净慈寺傍晚的钟声，为西湖十景之一。

⑧韬光、云栖：韬光，即韬光寺，在杭州灵隐寺西北巢枸坞，因唐代高僧韬光在此结庵讲法而得名。云栖，在杭州五云山西面的山坞内，相传有五彩祥云聚集于此，故名。

⑨紫阳洞：在杭州吴山。

⑩抉门：凿开门。

清明日，先生春祭扫墓，挈余同游。墓在东岳[①]，是乡多竹，坟丁掘未出土之毛笋，形如梨而尖，作羹供客。余甘之，尽其两碗。先生曰："噫！是虽味美而克心血，宜多食肉以解之。"余素不贪屠门之嚼[②]，至是饭量且因笋而减，归途觉烦躁，唇舌几裂。过石屋洞[③]，不甚可观。水乐洞峭壁多藤萝[④]，入洞如斗室，有泉流甚急，其声琅琅。池广仅三尺，深五寸许，不溢亦不竭。余俯流就饮，烦躁顿解。洞外二小亭，坐其中可听泉声。衲子请观万年缸[⑤]。缸在香积厨[⑥]，形甚巨，以竹引泉灌其内，听其满溢，年久结苔厚尺许，冬日不冰，故不损也。

注释

①东岳：指杭州西南的东岳。

②屠门之嚼：指吃肉。典出桓谭《新论》："人闻长安乐，则出门向西而笑；知肉味美，对屠门而大嚼。"

③石屋洞：在杭州西南。洞如石屋，内刻五百罗汉。

④水乐洞：在石屋洞西南，因洞中多泉水而得名。

⑤衲子：和尚。

⑥香积厨：佛寺厨房。

辛丑秋八月[①]，吾父病疟返里，寒索火，热索冰，余谏不听，竟转伤寒，病势日重。余侍奉汤药，昼夜不交睫者几一月。吾妇芸娘亦大病，恹恹在床[②]。心境恶劣，莫可名状。吾父呼余嘱之曰："我病恐不起，汝守数本书，终非糊口计，我托汝于盟弟蒋思斋，仍继吾业可耳[③]。"越日思斋来，即于榻前命拜为师。未几，得名医徐观莲先生诊治，父病渐痊。芸亦得徐力起床。而余则从此习幕矣[④]。此非快事，何记于此？曰：

此抛书浪游之始，故记之。

注释

①辛丑：乾隆四十六年，公元1781年。

②恹恹：精神不振的样子。

③继吾业：指沈复继承父亲的事业做幕僚。

④习幕：学习做幕僚。

思斋先生名襄。是年冬，即相随习幕于奉贤官舍[1]。有同习幕者，顾姓名金鉴，字鸿干，号紫霞，亦苏州人也。为人慷慨刚毅，直谅不阿[2]，长余一岁，呼之为兄。鸿干即毅然呼余为弟，倾心相交。此余第一知己交也，惜以二十二岁卒，余即落落寡交，今年且四十有六矣，茫茫沧海，不知此生再遇知己如鸿干者否？

注释

①奉贤：今上海市南郊。

②直谅不阿：正直、诚实而不阿谀。

忆与鸿干订交，襟怀高旷，时兴山居之想[1]。重九日，余与鸿干俱在苏。有前辈王小侠与吾父稼夫公唤女伶演剧，宴客吾家。余患其扰，先一日约鸿干赴寒山登高[2]，借访他日结庐之地。芸为整理小酒榼[3]。越日，天将晓，鸿干已登门相邀。遂携榼出胥门[4]，入面肆[5]，各饱食。渡胥江[6]，步至横塘枣市桥[7]，雇一叶扁舟，到山日犹未午。舟子颇循良，令其籴米煮饭。余两人上岸，先至中峰寺。寺在支硎古刹之南[8]，循道而上，寺藏深树，山门寂静，地僻僧闲，见余两人不衫不履[9]，不甚接待，余等志不在此，未深入。归舟，饭已熟。饭毕，舟子携榼相随，嘱其子守船，由寒山至高义园之白云精舍[⑩]。轩临峭壁，下凿小池，围以石栏，一泓秋水。崖悬薜荔，墙积莓苔[⑪]。坐轩下，惟闻落叶萧萧，悄无人迹。出门有一亭，嘱舟子坐此相候。余两人从石罅中入，名"一线天"，循级盘旋，直造其巅，曰"上白云"，有庵已坍颓，存一危楼，仅可远眺。小憩片刻，即相扶而下，舟子曰："登高忘携酒榼矣。"鸿干曰："我等之游，欲觅偕隐地耳，非专为登高也。"舟子曰："离此南行二三里，有上沙村，多人家，有隙地，我有表戚范姓居是村，盍往一游?"余喜曰："此明末徐俟斋先生隐居处也[⑫]，有园闻极幽雅，从未一游。"于是舟子导往。村在两山夹道中。园依山而无石，老树多极纡回盘郁之势，亭榭窗栏尽从朴素，竹篱茆舍[⑬]，不愧隐者之居。中有皂荚亭，树大可两抱。余所历园亭，此为第一。园左有山，俗呼鸡笼山，山峰直竖，上加大石，如杭城之瑞石古洞，而不及其玲珑。旁一青石如榻，鸿干卧其上曰："此处仰观峰岭，俯视园亭，既旷且幽，可以开樽矣。"因拉舟子同饮，或歌或啸，大畅胸怀。土人知余等觅地而来，误以为堪舆[⑭]，以某处有好风水相告。鸿干曰："但期合意，不论风水。"（岂意竟成谶语[⑮]！）酒瓶既罄，各采野菊插满两鬓。

注释

①山居：隐居山林。

②寒山：在今苏州市西南，上有寒山寺。

③酒榼：古代盛酒食的器具，此处兼指酒食和酒具。

④胥门：今苏州城西门。

⑤面肆：面馆。

⑥胥江：苏州西南城外的一条河，因伍子胥而得名。

⑦横塘：地名，在苏州西南。

⑧支硎：山名，在苏州西，相传晋代高僧支遁曾隐居于此，山有平石如硎（磨刀石），故名。

⑨不衫不履：指不修边幅，衣衫不整。

⑩精舍：寺院的别称。

⑪莓苔：青苔。

⑫徐俟斋：徐枋，号俟斋，明末举人。明亡后隐居不仕。工书画，善诗文，有《居易堂集》二十卷。

⑬茆舍：茅屋。

⑭舆：造宅相地，察看风水。

⑮谶语：事后应验的话。

归舟，日已将没。更许抵家[①]，客犹未散。芸私告余曰："女伶中有兰官者，端庄可取。"余假传母命呼之入内，握其腕而睨之，果丰颐白腻[②]。余顾芸曰："美则美矣，终嫌名不称实。"芸曰："肥者有福相。"余曰："马嵬之祸，玉环之福安在[③]？"芸以他辞遣之出。谓余曰："今日君又大醉耶？"余乃历述所游，芸亦神往者久之。

注释

①更许：夜间一更左右。

②丰颐：面颊丰润。

③马嵬之祸：指杨贵妃之死。安史之乱爆发后，唐玄宗仓惶出逃，途经马嵬，六军不发，玄宗不得已赐死杨贵妃。

癸卯春[①]，余从思斋先生就维扬之聘[②]，始见金、焦面目[③]。金山宜远观，焦山宜近视，惜余往来其间未尝登眺。渡江而北，渔洋所谓“绿杨城郭是扬州”一语已活现矣[4]！平山堂离城约三四里[5]，行其途有八九里，虽全是人工，而奇思幻想，点缀天然，即阆苑瑶池[6]、琼楼玉宇，谅不过此。其妙处在十余家之园亭合而为一，联络至山，气势俱贯。其最难位置处[7]，出城入景，有一里许紧沿城郭。夫城缀于旷远重山间，方可入画，园林有此，蠢笨绝伦。而观其或亭或台、或墙或石、或竹或树，半隐半露间，使游人不觉其触目，此非胸有丘壑者断难下手。城尽，以虹园为首，折而向北，有石梁，曰“虹桥”，不知园以桥名乎？桥以园名乎？荡舟过，曰“长堤春柳”，此景不缀城脚而缀于此，更见布置之妙。再折而西，垒土立庙，曰“小金山”。有此一挡便觉气势紧凑，亦非俗笔。闻此地本沙土，屡筑不成，用木排若干，层叠加土，费数万金乃成。若非商家，乌能如是。过此有胜概楼，年年观竞渡于此。河面较宽，南北跨一莲花桥，桥门通八面，桥面设五亭，扬人呼为“四盘一暖锅”，此思穷力竭之为，不甚可取。桥南有莲心寺，寺中突起喇嘛白塔，金顶缨络，高矗云霄，殿角红墙松柏掩映，钟磬时闻，此天下园亭所未有者。过桥见三层高阁，画栋飞檐，五彩绚烂，叠以太湖石，围以白石栏，名曰“五云多处”，如作文中间之大结构也。过此名“蜀冈朝旭”，平坦无奇，且属附会。将及山，河面渐束，堆土植竹树，作四五曲。似已山穷水尽，而忽豁然开朗，平山之万松林已列于前矣。“平山堂”为欧阳文忠公所书[8]。所谓淮东第五泉，真者在假山石洞中，不过一井耳，味与天泉同；其荷亭中之六孔铁井栏者，乃系假设，水不堪饮。九峰园另在南门幽静处，别饶天趣，余以为诸园之冠。康山未到，不识如何。此皆言其大概，其工巧处、精美处，不能尽述，大约宜以艳妆美人目

之，不可作浣纱溪上观也[9]。余适恭逢南巡盛典[10]，各工告竣，敬演接驾点缀，因得畅其大观，亦人生难遇者也。

注释

①癸卯：乾隆四十八年，公元1783年。

②维扬：扬州的别称。

③金、焦：即金山、焦山，均位于今江苏镇江。

④渔洋：王士祯，清代诗人，号渔洋山人，主神韵说。此中诗句出自他的词作《浣溪沙·红桥怀古》："北郭青溪一带流，红桥风物眼中秋，绿杨城郭是扬州。"

⑤平山堂：在扬州西北，为北宋欧阳修所建。

⑥阆苑瑶池：传说中仙人所居之所。

⑦位置：布置。

⑧欧阳文忠公：宋代文学家、史学家欧阳修。

⑨浣纱溪：相传西施浣纱之溪，在今浙江诸暨市南苎萝山下，此处指天生丽质、不施粉黛的美貌女子。

⑩南巡盛典：指乾隆皇帝巡游江南的盛大典礼。

甲辰之春[1]，余随侍吾父于吴江何明府幕中，与山阴章苹江、武林章映牧[2]、苕溪顾蔼泉诸公同事，恭办南斗圩行宫，得第二次瞻仰天颜[3]。一日，天将晚矣，忽动归兴。有办差小快船，双橹两桨，于太湖飞棹疾驰，吴俗呼为"出水辔头"，转瞬已至吴门桥。即跨鹤腾空，无此神爽。抵家，晚餐未熟也。吾乡素尚繁华，至此日之争奇夺胜，较昔尤奢。灯彩眩眸，笙歌聒耳，古人所谓"画栋雕甍"[4]"珠帘绣幕""玉栏干""锦步障"[5]，不啻过之[6]。余为友人东拉西扯，助其插花结彩，闲则呼朋引类，剧饮狂歌，畅怀游览。少年豪兴，不倦不疲。苟生于盛世而仍居僻壤，安得此游观哉？

注释

①甲辰：乾隆四十九年，公元1784年。

②武林：杭州的别称，以武林山而得名。

③天颜：皇帝的容颜。

④画栋雕甍：在屋梁屋脊上彩绘雕刻。甍，音méng，屋脊。

⑤锦步障：用锦制作的步障。古时官宦富贵人家女眷出行，用绢、锦等制成帷幔，以隔开路边行人，称之步障。

⑥不啻过之：有过之而无不及。不啻，不止。

是年，何明府因事被议[①]，吾父即就海宁王明府之聘。嘉兴有刘蕙阶者，长斋佞佛[②]，来拜吾父。其家在烟雨楼侧，一阁临河，曰“水月居”，其诵经处也，洁静如僧舍。烟雨楼在镜湖之中[③]，四岸皆绿杨，惜无多竹。有平台可远眺，渔舟星列，漠漠平波，似宜月夜。衲子备素斋甚佳。至海宁，与白门史心月[④]、山阴俞午桥同事。心月一子名烛衡，澄静缄默，彬彬儒雅，与余莫逆，此生平第二知心交也。惜萍水相逢，聚首无多日耳。游陈氏安澜园，地占百亩，重楼复阁，夹道回廊。池甚广，桥作六曲形，石满藤萝，凿痕全掩，古木千章[⑤]，皆有参天之势，鸟啼花落，如入深山。此人工而归于天然者。余所历平地之假石园亭，此为第一。曾于桂花楼中张宴，诸味尽为花气所夺，惟酱姜味不变。姜桂之性老而愈辣，以喻忠节之臣，洵不虚也[⑥]。出南门即大海，一日两潮，如万丈银堤破海而过。船有迎潮者，潮至，反棹相向，于船头设一木招，状如长柄大刀，招一捺，潮即分破，船即随招而入，俄顷，始浮起，拨转船头，随潮而去，顷刻百里。塘上有塔院，中秋夜曾随吾父观潮于此。循塘东约三十里，名尖山，一峰突起，扑入海中，山顶有阁，匾曰“海阔天空”，一望无际，但见怒涛接天而已。

注释

①被议：遭弹劾。

②长斋佞佛：长年吃斋，笃信佛教。

③镜湖：一名鉴湖，在今浙江绍兴会稽山北麓。

④白门：旧时南京的别称，因六朝建康南门宣阳门又名白门，故称。

⑤古木千章：犹古木参天。千章，高大。

⑥洵：确实、的确。

余年二十有五，应徽州绩溪克明府之招[①]。由武林下“江山船”，过富春山[②]，登子陵钓台[③]。台在山腰，一峰突起，离水十余丈。岂汉时之水竟与峰齐耶？月夜泊界口[④]，有巡检署[⑤]。“山高月小，水落石出”[⑥]，此景宛然。黄山仅见其脚，惜未一瞻面目。绩溪城处于万山之中，弹丸小邑，民情淳朴。近城有石镜山，由山弯中曲折一里许，悬崖急湍，湿翠欲滴。渐高，至山腰，有一方石亭，四面皆陡壁。亭左石削如屏，青色，光润可鉴人形，俗传能照前生。黄巢至此，照为猿猴形，纵火焚之，故不复现。离城十里有火云洞天，石纹盘结，凹凸巉岩，如黄鹤山樵笔意[⑦]，而杂乱无章，洞石皆深绛色。旁有一庵甚幽静，盐商程虚谷曾招游设宴于此。席中有肉馒头，小沙弥眈眈旁视，授以四枚，临行以番银二圆为酬，山僧不识，推不受。告以一枚可易青钱七百余文[⑧]，僧以近无易处，仍不受。乃攒凑青蚨六百文付之，始欣然作谢。他日余邀同人携榼再往，老僧嘱曰：“曩者小徒不知食何物而腹泻，今勿再与。”可知藜藿之腹不受肉味⑨，良可叹也。余谓同人曰：“作和尚者，必居此等僻地，终身不见不闻，或可修真养静。若吾乡之虎邱山，终日目所见者妖童艳妓，耳所听者弦索笙歌，鼻所闻者佳肴美酒，安得身如枯木、心如死灰哉？”

注释

①徽州绩溪：在今安徽东南。

②富春山：在今浙江桐庐县西部。

③子陵：东汉严光，字子陵，曾隐居富春江，垂钓于此。

④界口：浙江、安徽交界处。

⑤巡检署：边境检查机关。

⑥“山高月小，水落石出”：语出苏轼《后赤壁赋》。

⑦黄鹤山樵：元代画家王蒙，字叔明，号黄鹤山樵，工山水。

⑧青钱：铜钱。

⑨藜藿：两种野菜。

又去城三十里，名曰“仁里”，有花果会，十二年一举，每举各出盆花为赛。余在绩溪适逢其会，欣然欲往，苦无轿马，乃教以断竹为杠，缚椅为轿，雇人肩之而去。同游者惟同事许策廷，见者无不讶笑。至其地，有庙，不知供何神。庙前旷处高搭戏台，画梁方柱极其巍焕，近视则纸扎彩画，抹以油漆者。锣声忽至，四人抬对烛，大如断柱，八人抬一猪，大若牯牛，盖公养十二年始宰以献神。策廷笑曰：“猪固寿长，神亦齿利。我若为神，乌能享此。”余曰：“亦足见其愚诚也。”入庙，殿廊轩院所设花果盆玩，并不剪枝拗节，尽以苍老古怪

为佳，大半皆黄山松。既而开场演剧，人如潮涌而至，余与策廷遂避去。未两载，余与同事不合，拂衣归里[①]。

注释

①拂衣归里：决然回归故乡。拂衣，犹拂袖，表示决绝。

余自绩溪之游，见热闹场中卑鄙之状不堪入目[①]，因易儒为贾[②]。余有姑丈袁万九，在盘溪之仙人塘作酿酒生涯，余与施心耕附资合伙。袁酒本海贩，不一载，值台湾林爽文之乱[③]，海道阻隔，货积本折，不得已仍为“冯妇”[④]。馆江北四年，一无快游可记。迨居萧爽楼，正作烟火神仙，有表妹倩徐秀峰自粤东归[⑤]，见余闲居，慨然曰：“足下待露而爨[⑥]，笔耕而炊，终非久计，盍偕我作岭南游？当不仅获蝇头利也。”芸亦劝余曰：“乘此老亲尚健，子尚壮年，与其商柴计米而寻欢，不如一劳而永逸。”余乃商诸交游者，集资作本。芸亦自办绣货及岭南所无之苏酒、醉蟹等物。禀知堂上，于小春十日[⑦]，偕秀峰由东坝出芜湖口[⑧]。

注释

①热闹场：指官场。

②易儒为贾：弃官从商。

③林爽文：清代台湾天地会领袖。乾隆五十一年（1786 年）发动起义，反清复明，后被清廷镇压。

④冯妇：春秋时人，善搏虎，后转习儒业，一日遇虎，又情不自禁而搏之。事见《孟子·尽心下》。后遂以“冯妇”为重操旧业的代名词。

⑤表妹倩：表妹夫。

⑥待露而爨：等待露水来做饭，比喻生活没有保障。

⑦小春：小阳春，一般指农历十月。

⑧芜湖口：芜湖的江边船码头。

长江初历，大畅襟怀。每晚，舟泊后，必小酌船头。见捕鱼者罾幂不满三尺[①]，孔大约有四寸，铁箍四角，似取易沉。余笑曰："圣人之教，虽曰'罟不用数'[②]，而如此之大孔小罾，焉能有获？"秀峰曰："此专为网鳊鱼设也[③]。"见其系以长绠[④]，忽起忽落，似探鱼之有无。未几，急挽出水，已有鳊鱼枷罾孔而起矣。余始喟然曰："可知一己之见，未可测其奥妙。"一日，见江心中一峰突起，四无依倚。秀峰曰："此小孤山也[⑤]。"霜林中，殿阁参差。乘风径过，惜未一游。至滕王阁[⑥]，犹吾苏府学之尊经阁移于胥门之大马头，王子安序中所云不足信也[⑦]。即于阁下换高尾昂首船，名"三板子"，由赣关至南安登陆[⑧]。值余三十诞辰，秀峰备面为寿。越日，过大庾岭[⑨]，山巅一亭，匾曰"举头日近"，言其高也。山头分为二，两边峭壁，中留一道如石巷。口列两碑，一曰"急流勇退"，一曰"得意不可再往"。山顶有梅将军祠，未考为何朝人。所谓岭上梅花，并无一树，意者以梅将军得名梅岭耶？余所带送礼盆梅，至此将交腊月，已花落而叶黄矣。过岭出口，山川风物便觉顿殊。岭西一山，石窍玲珑，已忘其名，舆夫曰："中有仙人床榻。"匆匆竟过，以未得游为怅。至南雄[⑩]，雇老龙船，过佛山镇[⑪]，见人家墙顶多列盆花，叶如冬青，花如牡丹，有大红、粉白、粉红三种，盖山茶花也。腊月望，始抵省城，寓靖海门内[⑫]，赁王姓临街楼屋三椽。秀峰货物皆销与当道，余亦随其开单拜客，即有配礼者络绎取货，不旬日而余物已尽。除夕蚊声如雷。岁朝贺节，有棉袍纱套者。不惟气候迥别，即土著人物，同一五官而神情迥异。

注释

①罾幂：用竹竿或木棍作支架的方形渔网。

②罟不用数：渔网不要太密。典出《孟子·梁惠王上》。

③鳊鱼：即鳊鱼。头小，腹宽，体扁。

④长绠：长绳。

⑤小孤山：俗称髻山、小姑山，在安徽宿松东南六十公里的长江之中，山上有启秀寺、梳妆楼，有“海门石柱”“长江绝独”之誉。

⑥滕王阁：位于江西南昌，临赣江。唐朝滕王李元婴为洪州都督时所建。

⑦王子安序：指王勃《滕王阁序》。

⑧赣关：在江西赣县。

⑨大庾岭：五岭之一，在江西、广东交界处。相传汉武帝时，有庾姓将军筑城岭下，故名大庾岭。

⑩南雄：地名，今属广东。

⑪佛山镇：在今广东佛山市。

⑫靖海门：广州城门。

正月既望[①]，有署中同乡三友拉余游河观妓，名曰“打水围”，妓名“老举”。于是同出靖海门，下小艇，如剖分之半蛋而加篷焉。先至沙面[②]，妓船名“花艇”，皆对头分排，中留水巷，以通小艇往来。每帮约一二十号，横木绑定，以防海风。两船之间钉以木桩，套以藤圈，以便随潮长落[③]。鸨儿呼为“梳头婆”，头用银丝为架，高约四寸许，空其中而蟠发于外，以长耳挖插一朵花于鬓，身披玄青短袄[④]，着玄青长裤，管拖脚背，腰束汗巾，或红或绿，赤足撒鞋[5]，式如梨园旦脚。登其艇，即躬身笑迎，搴帏入舱[6]。旁列椅杌[7]，中设大炕，一门通艄后。妇呼“有客”，即闻履声杂沓而出。有挽髻者，有盘辫者，傅粉如粉墙，搽脂如榴火[8]，或红袄绿裤，或绿袄红裤，有着短袜而撮绣花蝴蝶履者，有赤足而套银脚镯者，或蹲于炕，或倚于门，双瞳闪闪，一言不发。余顾秀峰曰：“此何为者也?”秀峰曰：“目成之后[9]，招之始相就耳。”余试招之，果即欢容至前，袖出槟榔为敬。入口大嚼，涩不可耐，急吐之，以纸擦唇，其吐如血。合艇皆大笑。又至军工厂，妆束亦相等，惟长幼皆能琵琶而已。与之言，对曰：“唑?”“唑”者，“何”也。余曰：“‘少不入广’者，以其销魂耳，若此野妆蛮语，谁为动心哉?”一友曰：“潮帮妆束如仙，可往一游。”至其帮，排舟亦如沙面。有著名鸨儿素娘者，妆束如花鼓妇。其粉头衣皆长领[10]，颈套项锁，前发齐眉，后发垂肩，中挽一鬏似丫髻[11]，裹足者着裙，不裹足者短袜，亦着蝴蝶履，长拖裤管，语音可辩。而余终嫌为异服，兴趣索然。秀峰曰：“靖海门对渡有扬帮，皆吴妆，君往，必有合意者。”一友曰：“所谓扬帮者，仅一鸨儿，呼曰‘邵寡妇’，携一媳曰‘大姑’，系来自扬州，余皆湖广、江西人也。”因至扬帮。对面两排仅十余艇，其中人物皆云鬟雾鬓，脂粉薄施，阔袖长裙，语音了了[12]，所谓邵寡妇者，殷勤相接。遂有一友另唤酒船，大者曰“恒艛”，小者曰“沙姑艇”，作东道相邀，请余择妓。余择一雏年者，身材状貌有类余妇芸娘，而足极尖细，名喜儿。秀峰唤一妓，名翠姑。余皆各有旧交。放艇中流，开怀畅饮。至更许，余恐不能自持，坚欲回寓，而城已下钥久矣。盖海疆之城，日落即闭，余不知也。及终席，有卧而吃鸦片烟者，有拥妓而调笑者，伻头各送衾枕至[13]，行将连床开铺。余暗询喜儿："汝本艇可卧否？"对曰："有寮可居，未知有客否也。"（寮者，船顶之楼）余曰："姑往探之。"招小艇渡至邵船，但见合帮灯火相对如长廊，寮适无客。鸨儿笑迎曰："我知今日贵客来，故留寮以相待也。"余笑曰："姥真荷叶下仙人哉！"遂有伻头移烛相引，由舱后梯而登。宛如斗室，旁一长榻，几案俱备。揭帘再进，即在头舱之顶，床亦旁设，中间方窗嵌以玻璃，不火而光满一室，盖对船之灯光也。衾帐镜奁，颇极华美。喜儿曰："从台可以望月。"即在梯门之上叠开一窗，蛇行而出，即后梢之顶也。三面皆设短栏，一轮明月，水阔天空。纵横如乱叶浮水者，酒船也；闪烁如繁星列天者，酒船之灯也；更有小艇梳织往来，笙歌弦索之声杂以长潮之沸，令人情为之移。余曰："'少不入广'，当在斯矣！"惜余妇芸娘不能偕游至此，回顾喜儿，月下依稀相似，因挽之下台，息烛而卧。天将晓，秀峰等已哄然至，余披衣起迎，皆责以昨晚之逃。余曰："无他，恐公等掀衾揭帐耳！"遂同归寓。

注释

①既望：指农历每月十六日。

②沙面：在今广州城区西南，原是珠江冲积而成的沙洲，后筑成小岛，明代后成为国内外通商要津和游览地。

③长落：涨落。

④玄青：深黑色。

⑤撒鞋：靸鞋，将鞋拖在脚下。

⑥搴帏：撩起帷幔。

⑦杌：矮凳。

⑧榴火：石榴花。

⑨目成：相中。

⑩粉头：妓女。

⑪鬏：发髻。

⑫语音了了：说话清晰明白。

⑬伴头：指妓船上的使女。

越数日，偕秀峰游海珠寺。寺在水中，围墙若城，四周离水五尺许，有洞，设大炮以防海寇，潮长潮落，随水浮沉，不觉炮门之或高或下，亦物理之不可测者。十三洋行在幽兰门之西[①]，结构与洋画同。对渡名花地，花木甚繁，广州卖花处也。余自以为无花不识，至此仅识十之六七，询其名，有《群芳谱》所未载者[②]，或土音之不同欤！海幢寺规模极大，山门内植榕树，大可十余抱，阴浓如盖，秋冬不凋。柱槛窗栏皆以铁梨木为之。有菩提树，其叶似柿，浸水去皮，肉筋细如蝉翼纱，可裱小册写经。

注释

①十三洋行：亦称“十三行”“洋行”“洋货行”，鸦片战争前中国厦门、广州等地专营对外贸易的官办商行。

②《群芳谱》：明王象晋撰，记载了果木花草的形态习性、栽培方法等，共十二谱。

归途访喜儿于花艇，适翠、喜二妓俱无客。茶罢欲行，挽留再三。余所属意在寮，而其媳大姑已有酒客在上，因谓邵鸨儿曰：“若可同往寓中，则不妨一叙。”邵曰：“可。”秀峰先归，嘱从者整理酒肴。余携翠、喜至寓。正谈笑间，适郡署王懋老不期而来，挽之同饮。酒将沾唇，忽闻楼下人声嘈杂，似

有上楼之势，盖房东一侄素无赖，知余招妓，故引人图诈耳。秀峰怨曰："此皆三白一时高兴，不合我亦从之[①]。"余曰："事已至此，应速思退兵之计，非斗口时也。"懋老曰："我当先下说之。"余即唤仆速雇两轿，先脱两妓，再图出城之策。闻懋老说之不退，亦不上楼。两轿已备，余仆手足颇捷，令其向前开路，秀挽翠姑继之，余挽喜儿于后，一哄而下。秀峰、翠姑得仆力已出门去，喜儿为横手所拿，余急起腿，中其臂，手一松而喜儿脱去，余亦乘势脱身出。余仆犹守于门，以防追抢。急问之曰："见喜儿否?"仆曰："翠姑已乘轿去，喜娘但见其出，未见其乘轿也。"余急燃炬，见空轿犹在路旁。急追至靖海门，见秀峰侍翠轿而立，又问之，对曰："或应投东，而反奔西矣。"急反身，过寓十余家，闻暗处有唤余者，烛之，喜儿也，遂纳之轿，肩而行。秀峰亦奔至，曰："幽兰门有水窦可出[②]，已托人贿之启钥，翠姑去矣，喜儿速往!"余曰："君速回寓退兵，翠、喜交我!"至水窦边，果已启钥，翠先在。余遂左掖喜，右挽翠，折腰鹤步，踉跄出窦。天适微雨，路滑如油，至河干沙面[③]，笙歌正盛。小艇有识翠姑者，招呼登舟。始见喜儿首如飞蓬[④]，钗环俱无有。余曰："被抢去耶?"喜儿笑曰："闻此皆赤金，阿母物也，妾于下楼时已除去，藏于囊中。若被抢去，累君赔偿耶。"余闻言，心甚德之[⑤]，令其重整钗环，勿告阿母，托言寓所人杂，故仍归舟耳。翠姑如言告母，并曰："酒菜已饱，备粥可也。"时寮上酒客已去，邵鸨儿命翠亦陪余登寮。见两对绣鞋泥污已透。三人共粥，聊以充饥。剪烛絮谈，始悉翠籍湖南，喜亦豫产，本姓欧阳，父亡母醮[⑥]，为恶叔所卖。翠姑告以迎新送旧之苦，心不欢必强笑，酒不胜必强饮，身不快必强陪，喉不爽必强歌。更有乖张其性者，稍不合意，即掷酒翻案，大声辱骂，假母不察，反言接待不周，又有恶客彻夜蹂躏，不堪其扰。喜儿年轻初到，母犹惜之。不觉泪随言落。喜儿亦默然涕泣。余乃挽喜入杯，抚慰之。嘱翠姑卧于外榻，盖因秀峰交也。

注释

①不合：不该。

②水窦：水洞。指在河流或水渠中既可挡水又可泄水的建筑设置。

③河干：河岸。

④首如飞蓬：头发散乱如蓬草。语出《诗经·卫风·伯兮》。

⑤德之：感激她。

⑥醮：改嫁。

自此或十日或五日，必遣人来招，喜或自放小艇，亲至河干迎接。余每去，必邀秀峰，不邀他客，不另放艇。一夕之欢，番银四圆而已。秀峰今翠明红[①]，俗谓之‘跳槽’，甚至一招两妓。余则惟喜儿一人。偶独往，或小酌于平台，或清谈于寮内，不令唱歌，不强多饮，温存体恤，一艇怡然，邻妓皆羡之。有空闲无客者，知余在寮，必来相访。合帮之妓无一不识，每上其艇，呼余声不绝，余亦左顾右盼，应接不暇，此虽挥霍万金所不能致者。余四月在彼处，共费百余金，得尝荔枝鲜果，亦生平快事。后鸨儿欲索五百金强余纳喜，余患其扰，遂图归计。秀峰迷恋于此，因劝其购一妾，仍由原路返吴。明年，秀峰再往，吾父不准偕游，遂就青浦杨明府之聘[②]。及秀峰归，述及喜儿因余不往，几寻短见。噫！“半年一觉扬帮梦，赢得花船薄幸名”矣[③]！

注释

①今翠明红：今日倚翠明朝偎红。指所招妓女天天更换。

②青浦：今属上海市。

③“半年一觉扬帮梦，赢得花船薄幸名”：套用晚唐诗人杜牧《遣怀》诗：“十年一觉扬州梦，赢得青楼薄幸名。”

余自粤东归来，馆青浦两载，无快游可述。未几，芸、憨相遇，物议沸腾，芸以激愤致病。余与程墨安设一书画铺于家门之侧，聊佐汤药之需。

中秋后二日，有吴云客偕毛忆香、王星澜邀余游西山小静室，余适腕底无闲[1]，嘱其先往。吴曰：“子能出城，明午当在山前水踏桥之来鹤庵相候。”余诺之。

注释

①腕底无闲：指忙于一些书写方面的事。

越日，留程守铺。余独步出阊门，至山前，过水踏桥，循田塍而西[1]，见一庵南向，门带清流。剥琢问之[2]，应曰：“客何来？”余告之。笑曰：“此‘得云’也，客不见匾额乎？‘来鹤’已过矣！”余曰：“自桥至此，未见有庵。”其人回指曰：“客不见土墙中森森多竹者，即是也。”余乃返，至墙下，小门深闭。门隙窥之，短篱曲径，绿竹猗猗，寂不闻人语声，叩之，亦无应者。一人过，曰：“墙穴有石，敲门具也。”余试连击，果有小沙弥出应。余即循径入，过小石桥，向西一折，始见山门，悬黑漆额，粉书“来鹤”二字，后有长跋，不暇细观。入门经韦陀殿[3]，上下光洁，纤尘不染，知为好静室。忽见左廊又一小沙弥奉壶出。余大声呼问，即闻室内星澜笑曰：

"何如？我谓三白决不失信也！"旋见云客出迎，曰："候君早膳，何来之迟？"一僧继其后，向余稽首，问知为竹逸和尚。入其室，仅小屋三椽，额曰"桂轩"，庭中双桂盛开。星澜、忆香群起嚷曰："来迟罚三杯！"席上荤素精洁，酒则黄白俱备。余问曰："公等游几处矣？"云客曰："昨来已晚，今晨仅到得云、河亭耳。"欢饮良久。饭毕，仍自得云、河亭共游八九处，至华山而止。各有佳处，不能尽述。华山之顶有莲花峰，以时欲暮，期以后游。桂花之盛，至此为最，就花下饮清茗一瓯，即乘山舆[④]，径回来鹤。

注释

①田塍：田间小路。

②剥琢：敲门声。

③韦陀：佛教四天王之一，护法神，称"韦陀护法大将军"。

④山舆：山轿。

桂轩之东，另有临洁小阁，已杯盘罗列。竹逸寡言静坐，而好客善饮。始则折桂催花[①]，继则每人一令，二鼓始罢。余曰："今夜月色甚佳，即此酣卧，未免有负清光，何处得高旷地，一玩月色，庶不虚此良夜也？"竹逸曰："放鹤亭可登也。"云客曰："星澜抱得琴来，未闻绝调[②]，到彼一弹何如？"乃偕往。但见木犀香里，一路霜林，月下长空，万籁俱寂。星澜弹《梅花三弄》[③]，飘飘欲仙。忆香亦兴发，袖出铁笛，呜呜而吹之。云客曰："今夜石湖看月者[④]，谁能如吾辈之乐哉？"盖吾苏八月十八日石湖行春桥下，有看串月胜会[⑤]，游船排挤，彻夜笙歌，名虽看月，实则挟妓哄饮而已。未几，月落霜寒，兴阑归卧。

注释

①折桂催花：一种酒令。折桂花一枝，击鼓传花，鼓停时传至何人，何人饮酒。

②绝调：指无与伦比的曲调。

③《梅花三弄》：古琴曲，表现梅花的气质风神。全曲主调出现三次，故称“三弄”。

④石湖：在苏州盘门外西南，为苏州名胜之一。

⑤串月胜会：苏州石湖中有行春桥，桥有五十三洞，水月环洞，一环一月，连络贯串，称为“串月”。当地旧俗，农历八月十八日登山观月，称为看串月。

明晨，云客谓众曰：“此地有无隐庵，极幽僻，君等有到过者否？”咸对曰：“无论未到，并未尝闻也。”竹逸曰：“无隐四面皆山，其地甚僻，僧不能久居。向年曾一至，已坍废，自尺木彭居士重修后[①]，未尝往焉，今犹依稀识之。如欲往游，请为前导。”忆香曰：“枵腹去耶？”竹逸笑曰：“已备素面矣，再令道人携酒榼相从也。”

面毕，步行而往。过高义园，云客欲往白云精舍，入门就坐。一僧徐步出，向云客拱手，曰：“违教两月[②]，城中有何新闻？抚军在辕否？”忆香忽起，曰：“秃！”拂袖径出。余与星澜忍笑随之。云客、竹逸酬答数语，亦辞出。

注释

①尺木彭居士：即清代著名学者彭绍升，别号尺木居士，江苏吴县人。

②违教：没有得到教诲。谦辞，指两个月没谋面。

高义园即范文正公墓[1]，白云精舍在其旁。一轩面壁，上悬藤萝，下凿一潭，广丈许，一泓清碧，有金鳞游泳其中[2]，名曰“钵盂泉”。竹炉茶灶，位置极幽。轩后于万绿丛中，可瞰范园之概。惜衲子俗，不堪久坐耳。是时，由上沙村过鸡笼山，即余与鸿干登高处也。风物依然，鸿干已死，不胜今昔之感。

正惆怅间，忽流泉阻路，不得进。有三五村童掘菌子于乱草中，探头而笑，似讶多人之至此者。询以无隐路，对曰：“前途水大不可行，请返数武，南有小径，度岭可达。”从其言。度岭南行里许，渐觉竹树丛杂，四山环绕，径满绿茵，已无人迹。竹逸徘徊四顾，曰：“似在斯，而径不可辨，奈何?”余乃蹲身细瞩，于千竿竹中隐隐见乱石墙舍，径拨丛竹间，横穿入觅之，始得一门，曰“无隐禅院，某年月日南园老人彭某重修”。众喜曰：“非君则武陵源矣！[3]”

注释

①范文正：即范仲淹。字希文，苏州吴县人，北宋文学家，卒谥“文正”。

②金鳞：金鱼。

③武陵源：指迷路。典出陶渊明的《桃花源记》。

山门紧闭，敲良久，无应者。忽旁开一门，呀然有声，一鹑衣少年出[1]，面有菜色，足无完履，问曰：“客何为者?”竹逸稽首曰：“慕此幽静，特来瞻仰。”少年曰：“如此穷山，僧散无人接待，请觅他游。”言已，闭门欲进。云客急止之，许以启门放游，必当酬谢。少年笑曰：“茶叶俱无，恐慢客耳，岂望酬耶?”

山门一启，即见佛面，金光与绿荫相映，庭阶石础，苔积如绣，殿后台级如墙，石栏绕之。循台而西，有石形如馒头，高二丈许，细竹环其趾。再西折北，由斜廊蹑级而登[2]，客堂三楹[3]，紧对大石。石下凿一小月池，清泉一派，荇藻交横。堂东即正殿，殿左西向为僧房厨灶；殿后临峭壁，树杂荫浓，仰不见天。

注释

①鹑衣：破衣烂衫。鹑鸟尾秃，遂以鹑衣形容衣衫褴褛。

②蹑级而登：拾级而上。

③三楹：三间房。楹，柱子。

星澜力疲，就池边小憩，余从之。将启榼小酌，忽闻忆香音在树杪[1]，呼曰：“三白速来，此间有妙境!”仰而视之，不见其人，因与星澜循声觅之。由东厢出一小门，折北，有石蹬如梯，约数十级，于竹坞中瞥见一楼[2]。又梯而上，八窗洞然，额曰“飞云阁”。四山抱列如城，缺西南一角，遥见一水浸天，风帆隐隐，即太湖也。倚窗俯视，风动竹梢，如翻麦浪。忆香曰：“何如?”余曰：“此妙境也。”

忽又闻云客于楼西呼曰：“忆香速来，此地更有妙境!”因又下楼，折而西，十余级，忽豁然开朗，平坦如台。度其地，已在殿后峭壁之上，残砖缺础尚存，盖亦昔日之殿基也。周望环山，较阁更畅。忆香对太湖长啸一声，则群山齐应。

乃席地开樽，忽愁枵腹，少年欲烹焦饭代茶[3]，随令改茶为粥，邀与同啖。询其何以冷落至此?曰：“四无居邻，夜多暴客[4]，积粮时来强窃，即植蔬果，亦半为樵子所有。此为崇宁寺下院[5]，长厨中月送饭干一石、盐菜一坛而已。某为彭姓裔，暂居看守，行将归去，不久当无人迹矣。”云客谢以番银一圆。

返至来鹤，买舟而归。余绘《无隐图》一幅，以赠竹逸，志快游也。

注释

①树杪：树梢。

②竹坞：四面如屏的竹林深处。

③焦饭：锅巴。

④暴客：强盗。

⑤下院：下属寺院。

是年冬，余为友人作中保所累，家庭失欢，寄居锡山华氏。明年春，将之维扬，而短于资。有故人韩春泉在上洋幕府[1]，因往访焉。衣敝履穿，不堪入署，投札约晤于郡庙园亭中。及出见，知余愁苦，慨助十金。园为洋商捐施而成，极为阔大，惜点缀各景，杂乱无章，后叠山石，亦无起伏照应。

归途忽思虞山之胜[2]，适有便舟附之。时当春仲，桃李争妍，逆旅行踪，苦无伴侣。乃怀青铜三百，信步至虞山书院。墙外仰瞩，见丛树交花，娇红稚绿，傍水依山，极饶幽趣。惜不得其门而入，问途以往，遇设篷瀹茗者[3]，就之，烹碧罗春，饮之极佳。询虞山何处最胜，一游者曰：“从此出西关，近剑门，亦虞山最佳处也，君欲往。请为前导。”余欣然从之。

出西门，循山脚，高低约数里，渐见山峰屹立，石作横纹。至则一山中分，两壁凹凸，高数十仞，近而仰视，势将倾堕。其人曰：“相传上有洞府，多仙景，惜无径可登。”余兴发，挽袖卷衣，猿攀而上，直造其巅。所谓洞府者，深仅丈许，上有石罅，洞然见天。俯首下视，腿软欲堕。乃以腹面壁，依藤附蔓而下。其人叹曰："壮哉！游兴之豪，未见有如君者。"余口渴思饮，邀其人就野店沽饮三杯。阳乌将落，未得遍游，拾赭石十余块[④]，怀之归寓，负笈搭夜航至苏[⑤]，仍返锡山。此余愁苦中之快游也。

注释

①上洋：上海。

②虞山：在江苏常熟西北。

③瀹茗：煮茶。

④赭石：红褐色石块。

⑤负笈：背着书箱。

嘉庆甲子春[①]，痛遭先君之变，行将弃家远遁，友人夏揖山挽留其家。秋八月，邀余同往东海永泰沙勘收花息[②]。沙隶崇明[③]。出刘河口，航海百余里。新涨初辟，尚无街市。茫茫芦荻，绝少人烟，仅有同业丁氏仓库数十椽，四面掘沟河，筑堤栽柳绕于外。

丁字实初，家于崇，为一沙之首户。司会计者姓王，俱豪爽好客，不拘礼节，与余乍见，即同故交。宰猪为饷，倾瓮为饮。令则拇战，不知诗文；歌则号呶[④]，不讲音律。酒酣，挥工人舞拳相扑为戏。蓄牯牛百余头，皆露宿堤上。养鹅为号，以防海盗。日则驱鹰犬猎于芦丛沙渚间，所获多飞禽。余亦从之驰逐，倦则卧。引至园田成熟处，每一字号圈筑高堤，以防潮汛。堤中通有水窦，用闸启闭，旱则涨潮时启闸灌之，潦则落潮时开闸泄之[⑤]。佃人皆散处如列星，一呼俱集。称业户曰

“产主”，唯唯听命，朴诚可爱；而激之非义[⑥]，则野横过于狼虎；幸一言公平，率然拜服。风雨晦明，恍同太古[⑦]。卧床外瞩即睹洪涛，枕畔潮声如鸣金鼓。

一夜，忽见数十里外有红灯，大如栲栳[⑧]，浮于海中，又见红光烛天，势同失火。实初曰：“此处起现神灯神火，不久又将涨出沙田矣。”揖山兴致素豪，至此益放。余更肆无忌惮，牛背狂歌，沙头醉舞，随其兴之所至，真生平无拘之快游也。事竣，十月始归。

注释

①嘉庆甲子：嘉庆九年，公元 1804 年。

②勘收花息：核收利息。花息，利息。

③沙隶崇明：永泰沙隶属崇明岛。崇明，岛名，在上海北部，长江口上。

④号呶：叫喊。

⑤潦：通“涝”。

⑥激之非义：被不公平的事情所激怒。

⑦风雨晦明，恍同太古：指佃户的情感变化就像远古时代的人一样。

⑧栲栳：用竹篾或柳条编成的盛物器具。

吾苏虎邱之胜，余取后山之千顷云一处，次则剑池而已，余皆半借人工，且为脂粉所污[①]，已失山林本相。即新起之白公祠[②]、塔影桥，不过留雅名耳。其冶坊滨，余戏改为“野芳滨”，更不过脂乡粉队，徒形其妖冶而已。其在城中最著名之狮子林[③]，虽曰云林手笔，且石质玲珑，中多古木，然以大势观之，竟同乱堆煤渣，积以苔藓，穿以蚁穴，全无山林气势。

以余管窥所及，不知其妙。灵岩山，为吴王馆娃宫故址[④]，上有西施洞、响屧廊[⑤]、采香径诸胜，而其势散漫，旷无收束，不及天平、支硎之别饶幽趣。

注释

①为脂粉所污：指矫饰妖冶的风格。

②白公祠：为纪念白居易在苏州任刺史所建。

③狮子林：苏州四大园林之一。元朝僧人天如禅师建菩提正宗寺，后改名狮林寺，寺后花园即狮子林。

④馆娃宫：在今苏州灵岩山上，相传乃吴王夫差为宠幸西施而建。吴人称美女为娃，故曰馆娃。

⑤响屧廊：在苏州灵岩山的吴王宫里，相传吴王让西施穿着木屐经过此廊，廊虚而响，故而得名。

邓蔚山一名元墓[①]，西背太湖，东对锦峰，丹崖翠阁，望如图画。居人种梅为业，花开数十里，一望如积雪，故名“香雪海”。山之左有古柏四树，名之曰“清”“奇”“古”“怪”。清者，一株挺直，茂如翠盖；奇者，卧地三曲，形同“之”字；古者，秃顶扁阔，半朽如掌；怪者，体似旋螺，枝干皆然。相传汉以前物也。

乙丑孟春[②]，揖山尊人莼芗先生偕其弟介石，率子侄四人，往幞山家祠春祭，兼扫祖墓，招余同往。顺道先至灵岩山，出虎山桥，由费家河进香雪海观梅。幞山祠宇即藏于香雪海中，时花正盛，咳吐俱香。余曾为介石画《幞山风木图》十二册。

注释

①邓蔚山：在苏州西南，东汉太尉邓禹曾隐居于此，故名。

②乙丑：嘉庆十年，公元1805年。

是年九月，余从石琢堂殿撰赴四川重庆府之任。溯长江而上，舟抵皖城[①]。皖山之麓[②]，有元季忠臣余公之墓[③]。墓侧有堂三楹，名曰“大观亭”，面临南湖，背倚潜山。亭在山脊，眺远颇畅。旁有深廊，北窗洞开。时值霜叶初红，烂如桃李。同游者为蒋寿朋、蔡子琴。

南城外又有王氏园，其地长于东西，短于南北，盖北紧背城、南则临湖故也。既限于地，颇难位置，而观其结构，作重台叠馆之法。重台者，屋上作月台为庭院，叠石栽花于上，使游人不知脚下有屋。盖上叠石者则下实，上庭院者则下虚，故花木仍得地气而生也。叠馆者，楼上作轩，轩上再作平台。上下盘折，重叠四层，且有小池，水不漏泄，竟莫测其何虚何实。其立脚全用砖石为之，承重处仿照西洋立柱法。幸面对南湖，目无所阻，骋怀游览，胜于平园。真人工之奇绝者也。

注释

①皖城：故城在今安徽潜山县北。

②皖山之麓：皖山脚下。皖山，一名“潜山”“皖公山”，在安徽境内。

③余公：余阙，字天心，庐州（今安徽合肥）人。元顺帝元统年间进士，官至监察御史。

武昌黄鹤楼在黄鹄矶上[①]，后拖黄鹄山，俗呼为蛇山。楼有三层，画栋飞檐，倚城屹峙，面临汉江，与汉阳晴川阁相对[②]。余与琢堂冒雪登焉，仰视长空，琼花飞舞，遥指银山玉树，恍如身在瑶台。江中往来小艇，纵横掀播[③]，如浪卷残叶，名利之心，至此一冷。壁间题咏甚多，不能记忆，但记楹对

有云：

何时黄鹤重来，且共倒金樽，浇洲渚千年芳草；

但见白云飞去，更谁吹玉笛，落江城五月梅花。

黄州赤壁在府城汉川门外，屹立江滨，截然如壁。石皆绛色，故名焉。《水经》谓之赤鼻山[4]，东坡游此作二赋[5]，指为吴、魏交兵处，则非也。壁下已成陆地，上有二赋亭。

注释

①黄鹤楼：在今湖北武昌蛇山黄鹄矶头。相传三国时人费文祎在此乘黄鹤登仙而去。

②晴川阁：在湖北汉阳龟山东麓禹公矶上，取唐人崔颢“晴川历历汉阳树”诗句命名。

③掀播：上下颠簸。

④《水经》：我国第一步记述河道水系的专著。北魏郦道元为该书作注。

⑤二赋：苏轼的《前赤壁赋》和《后赤壁赋》。

是年仲冬抵荆州[1]。琢堂得升潼关观察之信，留余住荆州，余以未得见蜀中山水为怅。时琢堂入川，而哲嗣敦夫眷属，及蔡子琴[2]、席芝堂俱留于荆州，居刘氏废园[3]。余记其厅额曰“紫藤红树山房”。庭阶围以石栏，凿方池一亩；池中建一亭，有石桥通焉。亭后筑土垒石，杂树丛生。余多旷地，楼阁俱倾颓矣。

客中无事，或吟或啸，或出游，或聚谈。岁暮虽资斧不继[4]，而上下雍雍，典衣沽酒，且置锣鼓敲之。每夜必酌，每酌必令。窘则四两烧刀[5]，亦必大施觞政[6]。

注释

①荆州：古代行政区域之一，治所在今湖北江陵。

②哲嗣：对友人之子的客气称呼，即令嗣之意。

③刘氏废园：在今湖北江陵。东汉末刘表曾为荆州牧，后荆州又为刘备所据，此指其遗宅。

④资斧：资费用度。

⑤烧刀：烧酒。

⑥觞政：酒令。

遇同乡蔡姓者，蔡子琴与叙宗系，乃其族子也[1]，倩其导游名胜。至府学前之曲江楼，昔张九龄为长史时[2]，赋诗其上，朱子亦有诗曰[3]：“相思欲回首，但上曲江楼[4]。”城上又有雄楚楼，五代时高氏所建[5]。规模雄峻，极目可数百里。绕城傍水，尽植垂杨，小舟荡桨往来，颇有画意。荆州府署即关壮缪帅府[6]，仪门内有青石断马槽，相传即赤兔马食槽也。访罗含宅于城西小湖上[7]，不遇。又访宋玉故宅于城北[8]。昔庾信遇侯景之乱[9]，遁归江陵，居宋玉故宅，继改为酒家，今则不可复识矣。

注释

①族子：同宗兄弟之子。

②张九龄：唐代著名诗人，字子寿，韶州（今广东韶关）曲江人，故亦称张曲江。

③朱子：宋代理学家朱熹。

④“相思欲回首，但上曲江楼”：诗句见朱熹《迎荆南幕府》诗。

⑤高氏：五代南平王高季兴。

⑥关壮缪：即关羽，建安十九年曾镇守荆州，壮缪是其谥号。

⑦罗含：晋耒阳（今湖南耒阳）人，官至廷尉、长沙相，辞官后隐居荆州。

⑧宋玉：战国著名辞赋家，楚国鄢（今湖北宣城）人。

⑨侯景之乱：南朝梁代侯景发动的一次叛乱。

是年大除[1]，雪后极寒。献岁发春[2]，无贺年之扰。日惟燃纸炮、放纸鸢[3]、扎纸灯以为乐。既而风传花信[4]，雨濯春尘。琢堂诸姬携其少女幼子顺川流而下，敦夫乃重整行装，合帮而走。由樊城登陆，直赴潼关。

注释

①大除：大年除夕。

②献岁发春：一年伊始，万物复苏。语出《楚辞·招魂》："献岁发春兮，汩吾南征。"

③纸鸢：风筝。

④风传花信：春风传递百花盛开的讯息。

由山南阌乡县西出函谷关[1]，有"紫气东来"四字，即老子乘青牛所过之地。两山夹道，仅容二马并行。约十里即潼关，左背峭壁，右临黄河，关在山河之间扼喉而起。重楼垒垛，极其雄峻，而车马寂然，人烟亦稀。昌黎诗曰："日照潼关四扇开[2]"，殆亦言其冷落耶！

注释

①阌乡县：旧县名，在今河南省灵宝县。函谷关：古代军事要地，在今河南省灵宝县境内。

②“日照潼关四扇开”：语出韩愈《次潼关先寄张十二阁老使君》：“荆山已去华山来，日照潼关四扇开。”

城中观察之下，仅一别驾[①]。道署紧靠北城[②]，后有园圃，横长约三亩。东西凿两池，水从西南墙外而入，东流至两池间，支分三道：一向南，至大厨房，以供日用；一向东，入东池；一向北，折西，由石螭口中喷入西池[③]，绕至西北，设闸泄泻，由城脚转北，穿窦而出，直下黄河。日夜环流，殊清人耳。竹树阴浓，仰不见天。西池中有亭，藕花绕左右。东有面南书室三间，庭有葡萄架，下设方石，可弈可饮，以外皆菊畦。西有面东轩屋三间，坐其中可听流水声。轩南有小门可通内室。轩北窗下另凿小池，池之北有小庙，祀花神。园正中筑三层楼一座，紧靠北城，高与城齐，俯视城外即黄河也。河之北，山如屏列，已属山西界。真洋洋大观也！

余居园南，屋如舟式，庭有土山，上有小亭，登之可览园中之概，绿阴四合，夏无暑气。琢堂为余额其斋曰“不系之舟”。此余幕游以来第一好居室也。土山之间，艺菊数十种，惜未及含葩，而琢堂调山左廉访矣[④]。眷属移寓潼川书院[⑤]，余亦随往院中居焉。

注释

①别驾：官名，亦称“别驾从事史”，州刺史的佐吏。

②道署：道台官署。

③石螭：石雕的龙形怪兽，口中泄水。

④山左廉访：山东巡按。

⑤潼川：今四川梓潼县。

琢堂先赴任，余与子琴、芝堂等无事，辄出游。乘骑至华阴庙[①]。过华封里，即尧时三祝处[②]。庙内多秦槐汉柏，大皆三四抱，有槐中抱柏而生者，柏中抱槐而生者。殿廷古碑甚多，内有陈希夷书“福”“寿”字[③]。华山之脚有玉泉院，即希夷先生化形骨蜕处。有石洞如斗室，塑先生卧像于石床。其地水净沙明，草多绛色，泉流甚急，修竹绕之。洞外一方亭，额曰“无忧亭”。旁有古树三株，纹如裂炭，叶似槐而色深，不知其名，土人即呼曰“无忧树”。太华之高不知几千仞[④]，惜未能裹粮往登焉。归途见林柿正黄，就马上摘食之，土人呼止弗听，嚼之涩甚，急吐去。下骑觅泉漱口，始能言，土人大笑。盖柿须摘下煮一沸，始去其涩，余不知也。

注释

①华阴：县名，在今陕西省东部，因处华山之北而得名。

②尧时三祝：《庄子·天地》记载，尧曾巡游华封，华封人祝其多寿、多福、多男子。后人称之为“尧时三祝”，亦称“华封三祝”。

③陈希夷：陈抟，字图南，自号扶摇子。北宋著名道教学者。宋太宗赐封希夷先生，曾于武当、华山等地隐居。

④太华：即华山。

十月初，琢堂自山东专人来接眷属，遂出潼关，由河南入鲁。山东济南府城内，西有大明湖，其中有历下亭、水香亭诸胜。夏月柳阴浓处，菡萏香来[①]，载酒泛舟，极有幽趣。余冬日往视，但见衰柳寒烟，一水茫茫而已。趵突泉为济南七十二泉之冠[②]。泉分三眼，从地底怒涌突起，势如腾沸。凡泉皆从上而下，此独从下而上，亦一奇也。池上有楼，供吕祖像[③]，游者多于此品茶焉。明年二月，余就馆莱阳[4]。至丁卯秋[5]，琢堂降官翰林，余亦入都。所谓登州海市[6]，竟无从一见。

注释

①菡萏：荷花的别称。

②趵突泉：泉名。在山东济南市旧城西门外，是泺水的源头。

③吕祖：吕洞宾，传说中的八仙之一。

④莱阳：在今山东莱阳。

⑤丁卯：嘉庆十二年，公元 1807 年。

⑥登州海市：登州，州、府名，辖境在今山东蓬莱一带，此地可见渤海庙岛群岛倒映出的海市蜃楼。

卷五

中山记历

导读

《中山记历》与《养生记道》的来历颇有些蹊跷，其真伪也颇有争议。

《浮生六记》原书共六卷，并附有管贻萼为每卷所题的绝句六首。遗憾的是，1877 年杨引传在冷摊上购得的《浮生六记》就只是残本，仅剩前四卷，后二卷亡佚，此即《浮生六记》的最早版本：《独悟庵丛钞》本。此后有 1907 年黄摩西的《雁来红丛报》转载本，1924 年俞平伯点校的霜枫丛书本，皆是残本。1935 年上海世界书局出版的《美化文学名著丛刊》中收入足本《浮生六记》，并附有朱剑芒的《〈浮生六记〉校读后附记》和赵苕狂的《〈浮生六记〉考》，介绍了王均卿发现足本《浮生六记》的始末，论证了足本《浮生六记》的可靠性。但据历代学者考证，后二卷“中山记历”和“养生记道”系伪作，乃好事者从曾国藩、李鼎元、张英等著作中摘抄拼凑而成。其实无须考证，但凡有点文字修养的，只要比较一下前四记与后二记的文字优劣，结果不辨自明。无论是性情之挥洒，还是文字之神韵，与前四记都相差甚远。

《中山记历》倒也还颇有价值，至少条理清晰，结构完整，不像《养生记道》那般语无伦次。作者于清嘉庆四年（公元 1799 年）跟随册封中山国王尚温的使臣到了琉球，从夏至到冬至游历了半年，为琉球之奇山异水、亭台寺院、风土人情所感染，于是便写成这部《中山记历》，其目的是要“志山水之丽崎，记物产之瑰怪，载官司之典章，嘉仕女之风节”。

《中山记历》可以分为三个部分，即出使渡海、琉球漫游、归国返航。出使渡海篇幅较短，写沿途所见海洋岛屿景观，其中不乏用心刻画之处，如五彩祥云、彭家山、姑米山等，但造语过于华丽，结构过于规整，文字过于堆垛，没有留下艺术空白，反倒少了几分神韵。

“琉球漫游”是本卷的核心与主体，详细记载琉球岛的天文地理、典章制度、山水园林、虫鱼花草、风土人情、奇闻异事，完全够得上中山国的一部百科全书。作者不厌其烦拉杂叙之，依次写建筑、寺庙、海产、果实、草木、山水园林、风俗人情等等，每一类又包含若干细目。其稍可为人称道处，其一是有一种比较的眼光，叙物产多以“为中国少见”“与中国不同”“与中国异称”相标榜；其二是叙风土人情时有闪光之处，如孝子龟寿的故事，筵席待客的规矩，妇女衣着劳作的情态，语言文字的奇异，以及狮子舞、踏柁戏、盂兰盆会等等，颇具异国情调，令人耳目一新。但总体而论，不分详略，平均用力，流水账般的依次记录，缺乏《浪游记快》中的独出己见和灵慧飘举，也缺乏文字的疏朗与俊逸。

“归国返航”记叙了与海盗的一次海战，有惊而无险，意在于平铺直叙中来点跌宕。船上战火硝烟，而作者舱内酣睡不醒，多少带点沈复的影子，但“余入黑甜乡，未曾目击其险，岂非幸乎”，则显得过于卖弄，失其风流本色。

其实，读《中山记历》，当换一种眼光，降低对审美价值的期待，而增加对文化知识的关注。读完《中山记历》一定能收获很多意想不到的知识，也可以称得上开卷有益了。此外，读《中山记历》可以提升爱国情怀。中山国是琉球岛上的一个自立小国，自隋朝开始便与中国直接往来，后来更成为年年向中国朝廷进贡的属国，其国王于明清两代要经过中国皇帝的册封授命。光绪五年，琉球岛被日本占领，此后便划归冲绳县管辖。读《中山记历》，看中央使臣倾心游历，看岛国子民恭敬景仰，平添一段自豪之感。

嘉庆四年[①]，岁在己未，琉球国中山王尚穆薨[②]。世子尚哲，先七年卒；世孙尚温，表请袭封。中朝怀柔远藩，锡以恩命[③]，临轩召对，特简儒臣[④]。

于是，赵介山先生，名文楷，太湖人，官翰林院修撰，充正使；李和叔先生，名鼎元，绵州人[⑤]，官内阁中书，副焉。介山驰书约余偕行，余以高堂垂老，惮于远游；继思游幕二十年，遍窥两戒[⑥]，然而尚囿方隅之见，未观域外，更历瀴溟之胜[⑦]，庶广异闻。禀商吾父，允以随往。

从客凡五人：王君文诰，秦君元钧，缪君颂，杨君华才，其一即余也。五年五月朔日[⑧]，随荡节以行[⑨]，祥飙送风[⑩]，神鱼扶舢[⑪]，计六昼夜，径达所届。

凡所目击，咸登掌录。志山水之丽崎，记物产之瑰怪，载官司之典章，嘉士女之风节。文不矜奇，事皆记实。自惭谫陋[⑫]，甘贻测海之嗤[⑬]；要堪传言，或胜凿空之说云尔。

注释

①嘉庆四年：己未年，公元1799年。

②琉球国：即今琉球群岛，在台湾省东北，日本南面海上。隋时建国，自大业以来便与我国频繁来往。清光绪五年（1879年），日本侵占琉球，俘其国王尚泰，改称冲绳县。

③锡：同“赐”。

④简：选择。

⑤绵州：州名，今四川绵阳。

⑥两戒：指南方北方。《新唐书·天文志一》："北戒为胡门，南戒为越门。"

⑦溟：杳远貌。

⑧朔日：农历每月初一。

⑨荡节：乘船航行的使者。

⑩祥飙：吉祥的海风。

⑪舳：船尾持舵处。

⑫谫陋：浅陋。

⑬测海：即持蠡测海，用瓠瓢测量海水，喻浅薄无法理解高深。

五月朔日，恰逢夏至，襆被登舟。向来封中山王，去以夏至，乘西南风；归以冬至，乘东北风，风有信也[①]。舟二，正使与副使共乘其一。舟身长七丈，首尾虚艄三丈[②]，深一丈三尺，宽二丈二尺；较历来封舟，几小一半。前后各一桅，长六丈有奇[③]，围三尺；中舱前一桅，长十丈有奇，围六尺，以番木为之[④]。通计二十四舱，舱底贮石，载货十一万斤有奇。龙口置大炮一，左右各置大炮二，兵器贮舱内。大桅下，横大木为辘轳，移炮升篷皆仗之，犎以数十人[⑤]。舱面为战台，尾楼为将台，立帜列藤牌，为使臣厅事。下即舵楼，舵前有小舱，实以沙布针盘。中舱梯而下，高可六尺，为使臣会食地。前舱贮火药贮米，后以居兵，稍后为水舱，凡四井。二号船称是[⑥]。每船约二百六十余人，船小人多，无立锥处。风信已届，如欲易舟，恐延时日也。

注释

①有信：守信用。指风循季节如期而至。

②首尾虚艄：首尾悬空的船艄。

③有奇：有余。

④番木：外国树木。

⑤犨：指转动辘轳。

⑥二号船称是：指二号船与一号船相同。

初二日，午刻，移泊鳌门[①]。申刻，庆云见于西方[②]，五色轮囷[③]，适与楼船旗帜，上下辉映，观者莫不叹为奇瑞。或如玄圭[④]，或如白珂[⑤]，或如灵芝，或如玉禾，或如绛绡[⑥]，或如紫纻[⑦]，或如文杏之叶，或如含桃之颗，或如秋原之草，或如春湘之波。向读屠长卿赋[⑧]，今始知其形容之妙也。画士施生，为《航海行乐图》，甚工。余见兹图，遂乃搁笔。香崖虽善画，亦不能办此。

注释

①鳌门：澳门。

②庆云：祥瑞的彩云。《汉书·天文志》："若烟非烟，若云非云，郁郁纷纷，萧索轮囷，是谓庆云。"

③轮囷：曲折回旋貌。

④玄圭：黑色的美玉。

⑤白珂：白色的美石。

⑥绛绡：红色的丝巾。

⑦紫纻：紫色的丝结。

⑧屠长卿：屠隆，字长卿，明代戏曲家、文学家。

初四日，亥刻，起碇。乘潮至罗星塔[①]。海阔天空，一望无际。余妇芸娘，昔游太湖，谓得见天地之宽，不虚此生。使观于海，其愉快又当何如?

初九日，卯刻，见彭家山[②]。列三峰，东高而西下。申刻，见钓鱼台[③]，三峰离立，如笔架，皆石骨。惟时水天一色，舟平而驶。有白鸟无数，绕船而送，不知所自来。入夜，星影横斜，月光破碎，海面尽作火焰，浮沉出没。木华《海赋》所谓“阴火潜然”者也[④]。

注释

①罗星塔：在今福建省福州市东南马尾镇的罗星山上。建于宋代，高七层。

②彭家山：指今邦加岛。印度尼西亚岛屿，在苏门答腊与勿里洞岛之间。

③钓鱼台：即台湾附属岛屿钓鱼岛，在我国海域之内。

④木华：字玄虚，广川（今河北景县）人，生卒年不详，西晋辞赋家，今仅留存《海赋》一篇。阴火：海中生物所发之光俗称阴火。

初十日，辰正[①]，见赤尾屿。屿方而赤，东西凸而中凹，凹中又有小峰二。船从山北过，有大鱼二，夹舟行，不见首尾，脊黑而微绿，如十围枯木，附于舟侧。舟人以为风暴将起，鱼先来护。午刻，大雷雨以震，风转东北，舵无主。舟转侧甚危，幸而大鱼附舟，尚未去。忽闻霹雳一声，风雨顿止。申刻，风转西南且大。合舟之人，举手加额，咸以为有神助。得二诗以志之。诗云：

平生浪迹遍齐州[②]，又附星槎作远游[③]。

鱼解扶危风转顺，海云红处是琉球。

白浪滔滔撼大荒，海天东望正茫茫。

此行足壮书生胆，手挟风雷意激昂。

自谓颇能写出尔时光景。

注释

①辰正：上午八点整。

②齐州：指中国。

③星槎：古代神话中往来天上的木筏。

十一日，午刻，见姑米山[1]。山共八岭，岭各一二峰，或断或续。未刻，大风暴雨如注，然雨虽暴而风顺。酉刻，舟已近山。琉球人以姑米多礁，黑夜不敢进，待明而行。亦不下碇，但将篷收回，顺风而立，则舟荡漾而不能退。戌刻，舟中举号火[2]，姑米山有火应之。询之为球人暗令，日则放炮，夜则举火。《仪》注所谓“得信”者[3]，此也。

十二日，辰刻，过马齿山。山如犬羊相错，四峰离立，若马行空。计又行七更，船再用甲寅针[4]，取那霸港[5]。回望见迎封船在后[6]，共相庆幸。

注释

①姑米山：琉球群岛以西的山峦。

②号火：作为信号的火把。

③《仪》：即《仪礼》。儒家五经之一，主要记载我国古代礼仪制度和行为规范。

④甲寅针：即罗盘，是利用指南针定位原理来测量地平方位的工具。

⑤那霸：琉球群岛最大的城市。

⑥迎封船：琉球人迎接清朝使者的船。

历来针路所见[①]，尚有小琉球、鸡笼山、黄麻屿，此行俱未见。闻知琉球伙长[②]，年已六十，往来海面八次，每度细审，得其准的。以为不出辰卯二位，而乙卯位单，乙针尤多，故此次最为简捷，而所见亦仅三山，即至姑米。针则开洋用单辰[③]，行七更后，用乙辰，自后尽用乙。过姑米，乃用乙卯。惟记更以香[④]，殊难凭准。念五虎门至官塘，里有定数，因就时辰表按时计里，每时约行百有十里。自初八日未时开洋，讫十二日辰时，计共五十八时。初十日，暴风停两时；十一日夜，畏触礁，停三时，实行五十三时，计程应得五千八百三十里。计到那霸港，实洋面六千里有奇。据琉球伙长云：海上行舟，风小固不能驶，风过大，亦不能驶。风大则浪大，浪大力能壅船[⑤]，进尺仍退二寸。惟风七分，浪五分，最宜驾驶。此次是也。

注释

①针路：用罗盘指示的航海路线。

②伙长：船长。

③开洋：起航。

④记更以香：用燃香来计时。

⑤壅船：阻碍船前进。

从来渡海，未有平稳而驶如此者。于时，球人驾独木船数十，以纤挽舟而行，迎封三接如仪[①]。辰刻，进那霸港。先是，二号船于初十日望不见，至是乃先至。迎封船亦随后至，齐泊临海寺前。伙长云："从未有三舟齐到者。"

午刻，登岸。倾国人士，聚观于路，世孙率百官迎诏如仪。世孙年十七，白皙而丰颐，仪度雍容，善书，颇得松雪笔意[②]。

按《中山世鉴》[③]，隋使羽骑尉朱宽至国，于万涛间，见地形如虬龙浮水，始曰“流虬”。而隋书又作“流求”；《新唐书》作“流鬼”；《元史》又作“黎求”；明复作“琉球”。《世鉴》又载：元延祐元年[④]，国分为三大里，凡十八国，或称山南王，或称山北王。余于中山、南山，游历几遍，大村不及二里，而即谓之国，得勿夸大乎？

球人每言大风，必曰“台飓”。按韩昌黎诗：“雷霆逼飓䬀”，是与飓同称者为䬀。《玉篇》：“䬀，大风也，于笔切。”《唐书·百官志》有䬀海道，或系球人误书。《隋书》称琉球有虎、狼、熊、罴，今实无之。又云无牛、羊、驴、马，驴诚无，而六畜无不备。乃知书不可尽信也。

注释

①如仪：遵循礼节。

②松雪：指赵孟𫖯。元代书法家，号松雪道人。

③《中山世鉴》：琉球国官方史册，于1650年开始编订。

④元延祐元年：公元1314年。

天使馆西向，仿中华廨署，有旗竿二，上悬册封黄旗[①]。有照墙[②]，有东西辕门，左右有鼓亭，有班房。大门署曰“天使馆”，门内廊房各四楹。仪门署曰“天泽门”，万历中使臣夏子阳题[③]。年久失去，前使徐葆光补出。门内左右各十一间，中有甬道，道西榕树一株，大可十围，徐公手植。最西者为厨房，大堂五楹，署曰“敷命堂[④]”，前使汪楫题。稍北，葆光额曰“皇纶三锡[⑤]”。堂后有穿堂，直达二堂。堂五楹，中为正副使会食之地，前使周公署曰“声教东渐[⑥]”。左右即寝室。堂后南北各一楼，南楼为正使所居，汪楫额曰“长风阁”。北楼为副使所居，前使林麟焻额曰“停云楼”。额北有诗牌，乃海山先生所题也。周砺礁石为垣[⑦]，望同百雉[⑧]。垣上悉植火凤，干方，无花有刺，似霸王鞭，叶似慎火草，俗谓能避火，名“吉姑罗”。南院有水井。楼皆上覆瓴，下砌方砖，院中平似沙，桌椅床帐，悉仿中国式。寄尘得诗四首，有句云：“相看楼阁云中出，即是蓬莱岛上居。”又有句云：“一舟蓟径凭风信，五日飞帆驻月楂[⑨]。”皆真情真境也。

注释

①册封黄旗：古代皇帝封爵给异性王举行册封仪式时所使用的黄色旌旗。

②照墙：又称照壁。中国古代房屋的一种附属建筑，用砖石等砌成承架房顶或隔开内外。

③万历：明神宗年号（1573—1620）。

④敕命：皇帝按照管制等级赐给臣下仪物。

⑤皇纶三锡：皇纶：皇帝的诏书。锡，同“赐”。

⑥声教东渐：声威与教化向东浸染。

⑦周砺礁石为垣：四周用打磨过的礁石砌成城墙。

⑧雉：古代计算城墙面积的单位。长三丈、高一丈为一雉。

⑨月楂：意同“星槎”，指往来于天河的木筏。

孔子庙在久米村。堂三楹，中为神座，如王者垂旒搢圭[①]，而署其主曰“至圣先师孔子神位”。左右两龛，龛二人立侍，各手一经，标曰“易”“书”“诗”“春秋”，即所谓四配也。堂外为台，台东西，拾级以登，栅如棂星门[②]，中仿戟门[③]，半树塞以止行者。其外临水为屏墙。堂之东，为明伦堂[4]，堂北祀启圣[5]。久米士之秀者，皆肄业其中。择文理精通者为之师，岁有廪给[6]，丁祭一如中国仪[7]。敬题一诗云："洋溢声名四海驰，岛邦也解拜先师。庙堂肃穆垂旒贵，圣教如今治九夷。"用伸仰止之忱[8]。

注释

①垂旒搢圭：头上戴着前后悬垂玉串的皇冠，腰带上插着玉圭。

②棂星门：窗格门。

③戟门：指军营大门。

④明伦堂：孔庙的大殿称明伦堂。明伦，即明人伦之意。

⑤启圣：启蒙的圣人，指孔子。

⑥廪给：官府供给粮食。

⑦丁祭：为祭孔之礼。清顺治二年（1645）定制，每年春、秋二祭，均在仲月上丁，故称丁祭。

⑧伸：表达。

国中诸寺，以圆觉为大[1]。渡观莲塘桥，亭供辩才天女，云即斗姥[2]。将入门，有池曰"圆鉴"，荇藻交横，芰荷半倒。门高敞，有楼翼然。左右金刚四，规模略仿中国。佛殿七楹，更进，大殿亦七楹，名"龙渊殿"。中为佛堂，左右奉木主[3]，亦祀先王神位，兼祀祧主[4]。左序为方丈，右序为客座，皆设席。周缘以布，下衬极平而净，名曰"踏脚绵"。方丈前，为蓬莱庭；左为香积厨，侧有井，名"不冷泉"。客座右，为古松岭，异石错舛[5]，列于松间。左厢为僧寮[6]，右厢为狮子窟。僧寮南，有乐楼。楼南为园，饶花木。此乃圆觉寺之胜概也。

又有护国寺，为国王祷雨之所。龛内有神，黑而裸，手剑立，状甚狰狞。有钟，为前明景泰七年铸[⑦]。寺后多凤尾蕉，一名铁树。又有天王寺，有钟，亦为景泰七年铸。又有定海寺，有钟，为前明天顺三年铸[⑧]。至于龙渡寺、善兴寺、和光寺，荒废无可述者。

注释

①圆觉：圆觉寺。圆觉，佛教语，意为觉悟之道圆满无缺。

②云即斗姥：听说就是斗姥。斗姥，是道教信奉的一大女神，三目、四首、八臂，掌管人间生死罪福。

③木主：神灵牌位。

④祧主：祖庙中所祭祀的祖宗。

⑤错舛：交互错杂。

⑥僧寮：僧人住的小屋。

⑦前明景泰七年：公元1456年。

⑧前明天顺三年：公元1459年。

此邦海味，颇多特产，为中国之所罕见。一石鉅，似墨鱼而大，腹圆如蜘蛛，双须八手，攒生两肩，有刺，类海参，无足无鳞介，如鲍鱼。登莱有所谓八带鱼者，以形考之，殆是石鉅，或即乌鲗之别种欤[①]？

一海蛇，长三尺，僵直如朽索，色黑，状狰狞。土人云：能杀虫、疗痼、已疠[②]；殆永州异蛇类。土俗甚重之，以为贵品。

一海胆，如猬，剥皮去肉，捣成泥，盛以小瓶，可供馔。

一寄生螺，大小不一，长圆各异，皆负壳而行。螺中有蟹，两螯八跪[③]，跪四大四小，以大跪行；螯一大一小，小者常隐，大者以取食。触之则大跪尽缩，以一大螯拒户。蟹也而有螺性，《海赋》所云“璅蛣腹蟹[4]”，岂其类欤？《太平广记》谓“蟹入螺中”。似先有蟹，然取置碗中，以观其求脱之势，力猛壳脱，顷刻死，则又与壳相依为命。造物不测，难以臆度也。

一沙蟹，阔而薄，两螯大于身。甲小而缺其前，缩两螯以补之，若无缝。八跪特短，脐无甲，尖团莫辨。见人则凹双睛，噀水高寸许[5]，似善怒。养以沙水，经十余日，不食亦不死。

一蚶[6]，径二尺以上，围五尺许，古人所谓“屋瓦子”，以壳形凹凸，像瓦屋也。

一海马肉，薄片回屈如刨花，色如片茯苓。品之最贵者，不易得，得则先以献王。其状鱼身马首，无毛而有足，皮如江豚。此皆海味之特产也。

注释

①乌鲗：墨鱼，亦称乌贼。

②已疠：消除瘟疫。

③两螯八跪：两只钳子八条腿。

④璅蛣：外壳有花纹的海洋生物。

⑤噀水：喷水。

⑥蚶：蛤类的一种，俗称瓦楞子。壳白色，两壳凸显均明显，上具明显的放射肋。生活在浅海泥沙中，肉味鲜美。

此邦果实，亦有与中国不同者。蕉实状如手指[1]，色黄，味甘，瓣如柚，亦名甘露。初熟色青，以糖覆则黄。其花红，一穗数尺。瓤须五六出，岁实如常，实如其须之数。中国亦有蕉，不闻岁结实，亦无有抽其丝作布者，或其性殊欤？

布之原料，与制布之法，亦有与中国异者。一曰蕉布，米色，宽一尺，乃芭蕉沤抽其丝织成，轻密如罗。

一曰苎布[②]，白而细，宽尺二寸，可敌棉布。

一曰丝布，白而棉软，苎经而丝纬，品之最尚者。《汉书》所谓蕉、筒、荃、葛，即此类也。

一曰麻布，米色而粗，品最下矣。国人善印花，花样不一，皆剪纸为范[③]。加范于布，涂灰焉；灰干去范，乃著色；干而浣之，灰去而花出，愈浣而愈鲜，衣敝而色不退。此必别有制法，秘不与人。故东洋花布，特重于闽也。

注释

①蕉：似指蕉麻，又名马尼拉麻，原产菲律宾。蕉麻形似芭蕉，叶鞘内纤维粗硬坚韧，可制绳索、供纺织和造纸。

②苎布：用苎麻为材料纺织的布。

③范：样本。

此邦草木，多与中国异称，惜未携《群芳谱》来，一一辨证之耳。罗汉松谓之“樫木”，冬青谓之“福木”，万寿菊谓之“禅菊”。铁树谓之“凤尾蕉”，以叶对出形似也；亦谓之“海棕榈”，以叶盖头形似也；有携至中华以为盆玩者，则谓之“万年棕”云。凤梨[①]，开花者谓之“男木”，白瓣若莲，颇香烈，不实；无花者谓之“女木”，而实大，如瓜可食。或云，即波罗蜜别种，球人又谓之“阿呾呢”。月橘[②]，谓之“十里香”，叶如枣，小白花，甚芳烈，实如天竹子稍大。闻二月中，红累累满树，若火齐然[③]。惜余未及见也。

球阳地气多暖，时届深秋，花草不杀，蚊雷不收，荻花盛开。野牡丹二三月开，至八月复复[4]，花累累如铃铎，素瓣，紫晕，檀心[5]，圆而大，颇芳烈。佛桑四季皆花[6]。有白色，有深红、粉红二色。因得一诗，诗云："偶随使节泛仙槎，日日春游玩物华。天气常如二三月，山林不断四时花。"亦真情真景也。

球人嗜兰，谓之孔子花。陈宅尤多异产。有风兰，叶较兰稍长，篾竹为盆，挂风前，即蕃衍[7]。有名护兰，叶类桂而厚，稍长如指，花一箭八九出，以四月开，香胜于兰。出名护岳岩石间[8]，不假水土，或寄树桠，或裹以棕而悬之，无不茂。有粟兰，一名芷兰，叶如凤尾花，作珍珠状。有棒兰，绿色，茎如珊瑚，无叶，花出桠间，如兰而小，亦寄树活。又有西表松兰、竹兰之目，或致自外岛，或取之岩间，香皆不减兰也。因得一诗，诗云："移根绝岛最堪夸，道是森森阙里花[9]。不比寻常凡草木，春风一到即繁华。"题诗既毕，并为写生，愧无黄筌之妙笔耳[10]。

注释

①凤梨：即菠萝。

②月橘：疑为金橘。

③齐然：升起的样子。

④复复：再一次开花。

⑤檀心：浅绛色的花蕊。

⑥佛桑：即扶桑。扶桑是中国南方著名观赏花种，花大色艳，开花量多，花期长，几乎终年不绝。

⑦蕃衍：繁衍。

⑧出名护岳岩石间：因出产在护岳的岩石之间而得名。

⑨阙里：孔子故里，在今山东曲阜城内阙里街。

⑩黄筌：五代后蜀画家，工花鸟。

沿海多浮石，嵌空玲珑，水击之，声作钟磬，此与中国彭蠡之口石钟山相似[①]。

闲居无可消遣，与施生弈，用琉球棋子。白者磨螺之封口石为之。内地小螺拒户有圆壳，海螋大者，其拒户之壳，厚五六分，径二寸许，圆白如砗磲[②]，土人名曰“封口石”。黑者磨苍石为之。子径六分许，围二寸许，中凹而四周削，无正背面，不类云南子式。棋盘以木为之，厚八寸，四足，足高四寸，面刻棋路。其俗好弈，举棋无不定之说，颇亦有国手。局终数空眼多少，不数实子，数正同。相传国中供奉棋神，画女相如仙子，不令人见，乃国中雅尚也。

注释

①彭蠡：古泽薮名，在今江西鄱阳湖。石钟山：在江西湖口县附近，因山多罅隙，水石相击，声如洪钟，故名。

②砗磲：热带海洋软体动物，壳大而厚，肉可食用。

六月初八日，辰刻，正、副使恭奉谕祭文[①]，及祭银焚帛，安放龙彩亭内。出天使馆东行，过久米村、泊村，至安里桥（即真玉桥）。世孙跪接如仪，即导引入庙。礼毕，引观先王庙。正庙七楹，正中向外，通为一龛，安奉诸王神位：左昭自舜马至尚穆，共十六位；右穆自义本至尚敬[②]，共十五位。

是日，球人观者，弥山匝地[③]。男子跪于道左，女子聚立远观。亦有施帷挂竹帘者，土人云：系贵官眷属。女皆黥首指节为饰[④]，甚者全黑，少者间作梅花斑。国俗不穿耳，不施脂粉，无珠翠首饰。人家门户，多树“石敢当”碣[⑤]，墙头多植吉姑罗或榇树，剪剔极齐整。国人呼中国为“唐山”，呼华人为“唐人”。

注释

①谕祭文：皇帝施与臣属的祭文。

②左昭、右穆：古代宗庙次序，以始祖居中，二、四、六世居于始祖的左侧，称昭；三、五、七世居于始祖的右侧，称穆。

③弥山匝地：犹漫山遍野。

④黥首指节：在额上涂黑、在手指上套齿。

⑤“石敢当”碣：中国旧俗，老百姓在住家正门常立一石碑，上刻“石敢当”三字，以为可以禁压不祥。此风俗亦传至琉球。

球地皆土沙，雨过即可行，无泥泞。奥山有却金亭，前明册使陈给事侃归时却金，故国人造亭以表之。辨岳，在王宫东南三里许。过圆觉寺，从山脊行，水分左右，堪舆家谓之过峡[1]，中山来脉也[2]。山大小五峰，最高者谓之辨岳。灌木密覆，前有石柱二，中置栅二，外板阁二。少左，有小石塔，左右列石案五。折而东，数十级至顶，有石垆二：西祭山，东祭海岳之神，曰祝，祝谓是天孙氏第二女云[3]。国王受封，必斋戒亲祭，正、五、九月，祭山海及护国神，皆在辨岳也。

注释

①堪舆家：风水先生。

②来脉：风水命脉之源。

③天孙氏：织女星。织女是天帝之孙，故名。

波上、雪崎及龟山，余已游遍，而要以鹤头为最胜。随正副使往游，陟其巅[1]，避日而坐。草色粘天，松阴匝地。东望辨岳，秀出天半，王宫历历如画。其南，则近水如湖，远山如岸，丰见城巍然突出，山南王之旧迹犹有存者。西望马齿、姑米，出没隐见，若近若远，封舟之来路也。北俯那霸、久米，人烟辐辏[2]。举凡山川灵异，草木阴翳，鱼鸟沉浮，云烟变灭，莫不争奇献巧，毕集目前。乃知前日之游，殊为卤莽。

梁大夫小具盘樽，席地而饮，余亦趣仆以酒肴至[3]。未申之交，凉风乍生，微雨将洒，乃移樽登舟。时海潮正涨，沙岸弥漫，遂由奥山南麓，折而东北。山石嵌空欲落，海燕如鸥，渔舟似织。俄而返照入山，冰轮出水，文鳐无数[4]，飞射潮头。与介山举觞弄月，击楫而歌。樽不空，客皆醉。越渡里村，漏已三下。却金亭前，列炬如昼，迎者倦矣。乃相与步月而归，为中山第一游焉。

注释

①陟：登高。

②辐辏：形容人或物聚集，像车辐集中于车毂一样。

③趣：叫、令。趣，同“驱”。

④文鳐：一种热带海洋鱼类。

泉崎桥桥下，为漫湖浒[1]。每当晴夜，双门拱月，万象澄清，如玻璃世界，为中山八景之一。旺泉味甘，亦为中山八景之一。王城有亭，依城望远，因小憩亭中，品瑞泉，纵观中山八景。八景者，泉崎月夜、临海潮声、久米竹篱、龙洞松涛、笋崖夕照、长虹秋霁、城岳灵泉、中岛蕉园也。亭下多棕榈紫竹，竹丛生，高三尺余，叶如棕，狭而长，即所谓观音竹也。亭南有蚶壳，长八尺许，贮水以供盥，知大蚶不易得也。

国人浣漱不用汤[②]，家竖石桩，置石盂或蚶壳其上，贮水，旁置一柄筒，晓起，以筒盛水，浇而盥漱之。客至亦然。地多草，细软如毯，有事则取新沙覆之。国人取玳瑁之甲[③]，以为长簪，传到中国，率由闽粤商贩。球人不知贵，以为贱品。昆山之旁[④]，以玉抵鹊，地使然也。

丰见山顶，有山南王第故城。徐葆光诗有“颓垣宫阙无全瓦，荒草牛羊似破村”之句。王之子孙，今为那姓，犹聚居于此。

注释

①浒：水边。

②汤：热水。

③玳瑁：一种海龟，生长在热带海洋。

④昆山：古代传说中的产玉之山。

辻山，国人读为“失山”。琉球字皆对音[①]，十、失无别，疑迭之误也。副使辑球雅[②]，谓一字作二三读，二三字作一字读者，皆义而非音，即所谓寄语[③]，国人尽知之。音则合百余字，或十余字为一音，与中国音迥异。国中惟读书通文理者，乃知对音，庶民皆不知也。

久米官之子弟，能言，教以汉语，能书，教以汉文。十岁称“若秀才”，王给米一石。十五剃发，先谒孔圣，次谒国王，王籍其名[④]，谓之“秀才”，给米三石。长则选为通事。为国中文物声名最，即明三十六姓后裔也。那霸人以商为业，多富室。明洪武初[⑤]，赐闽人三十六姓善操舟者，往来朝贡。国中久米村，梁、蔡、毛、郑、陈、曾、阮、金等姓，乃三十六姓之裔，至今国人重之。

与寄公谈玄理，颇有入悟处，遂与唱和成诗。法司蔡温、紫金大夫程顺则、蔡文溥，三人集诗，有作者气。顺则别著《航海指南》，言渡海事甚悉。蔡温尤肆力于古文，有《蓑翁语录》《至言》等目，语根经学，有道学气。出入二氏之学[⑥]，盖学朱子而未纯者。

注释

①对音：双音，在此似指拼音。

②雅：雅言，指标准语。

③寄语：指口头语。

④籍其名：将名字记录在册。

⑤洪武：明太祖朱元璋年号（1368—1398）。

⑥出入：仔细考辨。

琉球山多瘠硗[①]，独宜薯。父老相传，受封之岁，必有丰年。今岁五月稍旱，幸自后雨不愆期[②]，卒获大丰，薯可四收。海邦臣民，倍觉欢欣，佥曰[③]：“非受封岁，无此丰年也。”

六月初旬，稻谷尽收。球阳地气温暖，稻常早熟，种以十一月，收以五六月。薯则四时皆种，三熟为丰，四熟则为大丰。稻田少，薯田多，国人以薯为命，米则王官始得食。亦有麦豆，所产不多。五月二十日，国中祭稻神，此祭未行，稻虽登场，不敢入家也。

七月初旬，始见燕，不巢入屋。中国燕以八月归，此燕疑未入中国者。其来以七月，巢必有地。别有所谓海燕，较紫燕稍大[④]，而白其羽，有全白似鸥者。多巢岛中，间有至中国，人皆以为瑞。应潮鸡，雄纯黑，雌纯白，皆短足长尾，驯不避人。香崖购一小犬，而毛豹斑，性灵警，与饭不食，与薯乃食，知人皆食薯矣。鼠雀最多，而鼠尤虐。亦有猫，不知捕鼠，邦人以为玩。乃知物性亦随地而变。鹰、雁、鹅、鸭特少。

注释

①瘠硗：贫瘠坚硬。

②愆期：耽误。

③佥：同“签”，占卜。

④紫燕：亦称越燕，小而多声，颔下紫色。

枕有方如圭者，有圆如轮而连以细轴者，有如文具藏数层者，制特精，皆以木为之。率宽三寸，高五寸，漆其外，或黑或朱。立而枕之，反侧则仆。按《礼记·少仪》注：“颖，警枕也。谓之颖者，颖然警悟也。”又司马文正公[①]，以圆木为警枕，少睡则转而觉，乃起读书。此殆警枕之遗。

衣制皆宽博交衽[②]，袖广二尺，口皆不缉[③]，特短袂，以便作事。襟率无钮带，总名衾。男束大带，长丈六尺、宽四寸以为度，腰围四五转，而收其垂于两胁间。烟包、纸袋、小刀、梳、蓖之属，皆怀之，故胸前襟带挡起凸然。其胁下不缝者，惟幼童及僧衣为然。僧别有短衣如背心，谓之断俗。此其概也。

帽以薄木片为骨，叠帕而蒙之，前七层，后十一层。花锦帽，远望如屋漏痕者，品最贵，惟摄政王叔国相得冠之[④]。次品花紫帽，法司冠之。其次则纯紫。大略紫为贵，黄次之，红又次之，青绿斯下。各色又以绫为贵，绢为次。国王未受封时，戴乌纱帽。双翅侧冲上向，盘金，朱缨垂颔，下束五色绦。至是冠皮弁[⑤]，状如中国梨园演王者便帽，前直列花瓣七，衣蟒腰玉。

肩舆如中国饼桥，中置大椅，上施大盖，无帷幔，辕粗而长，无绊，无横木，以八人左右肩之而行。

注释

①司马文正：司马光。北宋政治家、史学家，死后谥文正。所编《资治通鉴》是我国重要编年史著作。

②宽博交衽：宽大而前襟相交叠。

③口皆不缉：袖口都不缝边。

④摄政王叔：代君王主理国政的王叔。

⑤皮弁：古冠名，用白鹿皮制成，为视朝的常服。

杜氏《通典》载琉球国俗[①]，谓“妇人产必食子衣[②]，以火自炙[③]，令汗出。”余举以问杨文凤：“然乎?”对曰：“火炙诚有之，食衣则否。”即今中山已无火炙俗，惟北山犹未尽改。

嫁娶之礼，固陋已甚。世家亦有以酒肴珠贝为聘者。婚时即用本国轿，结彩鼓乐而迎；不计妆奁，父母送至夫家即返；不宴客，至亲具酒贺，不过数人。《隋书》云：“琉球风俗，男女相悦，便相匹偶”，盖其旧俗也。询之郑得功，郑得功曰：“三十六姓初来时，俗尚未改。后渐知婚礼，此俗遂革。今国中有夫之妇，犯奸即杀。”余始悟琉球所以号守礼之国者，亦由三十六姓教化之力也。

小民有丧，则邻里聚送，观者护丧，掩毕即归。宦家则同官相知者，亦来送柩。出即归，大都不宴客。题主官率皆用僧[④]，男书“圆寂大禅定”，女书“禅定尼”，无“考妣”称。近日宦家亦有书官爵者。棺制三尺，屈身而殓之。近宦家亦有长五六尺者，民则仍旧。

注释

①《通典》：书名，唐杜佑撰。共二百卷，记载历代典章制度及其沿革。

②子衣：胎盘。

③自炙：熏烤自己。

④题主官：旧时丧葬之日，善书者将死者之名题署在牌位之上，此题署之人即为题署官。

此邦之人，肘比华人稍短，《朝野佥载》亦谓人形短小似昆仑[①]。余所见士大夫短小者固多，亦有修髯丰颐者，颀而长者，胖而腹腰十围者，前言似未足信。人体多狐臭，古所谓愠羝也[②]。

世禄之家皆赐姓。士庶率以田地为姓，更无名，其后裔则云：某氏之子孙几男。所谓田、米，私姓也。

国中兵刑惟三章：杀人者死，伤人及重罪徒[③]，轻罪罚日中晒之。计罪而定其日，国中数年无斩犯，间有犯斩罪者，又率引刀自剖腹死。

七月十五夜，开窗见人家门外，皆列火炬二。询之土人云："国俗于十五日盆祭，预期迎神，祭后乃去之。"盆祭者，中国所谓盂兰会也。连日见市上小儿，各手一纸幡，对立招展，作迎神状。知国俗盆祭祀先，亦大祭矣。

龟山南岸有窑，国人取车鳌大蚶之壳之煅[④]，垩灰壁不及石灰，而粘过者。再东北有池，为国人煮盐处。

注释

①《朝野佥载》：唐张鷟撰，记述隋唐两代朝野轶闻遗事。昆仑：古代泛指今印度半岛南部以及南洋群岛之地或其居民为

昆仑。

②愠羝：即狐臭。

③徒：古代刑法名，即拘禁使服劳役。

④车螯：蛤类，壳紫色，肉可食，是海味珍品，亦可入药。煅，放在火里烧。

七月二十五日，正副使行册封礼，途中观者益众。上万松岭，迤逦而东。衢道修广，有坊，榜曰[①]："中山道。"又进一坊，榜曰："守礼之邦。"世孙戴皮弁，服蟒衣，腰玉带，垂裳结佩，率百官跪迎道左。更进为欢会门，踞山巅，叠礁石为城，削磨如壁，有鸟道，无雉堞[②]，高五尺以上，远望如聚髑髅。始悟《隋书》所谓"王居多聚髑髅于其下"者，乃远望误于形似，实未至城下也。城外石崖，左镌"龙冈"字，右镌"虎崒"字[③]。王宫西向，以中国在海西，表忠顺面向之意。后东向为继世门，左南向为水门，右北向为久庆门。再进层崖，有门西北向，曰瑞泉，左右甬道，有左掖、右掖二门。更进有漏西向，榜曰："刻漏"，上设铜壶漏水。更进有门西北向，为奉神门，即王府门也。殿廷方广十数亩，分砌二道，由甬道进至阙廷，为王听政之所。壁悬伏羲画卦象[④]，龙马负图立其前，绢色苍古，微有剥蚀，殆非近代物。北宫，殿屋固朴[⑤]，屋举手可接，以处山冈，且阻海飓。面对为南宫。此日正副使宴于北宫。大礼既成，通国欢忭[⑥]。闻国王经行处，悉有彩饰。泉崎道旁，列盆花异卉，绕以朱栏，中刻木作麒麟形，题曰："非龙非彪[⑦]，非熊非罴，王者之瑞兽。"天妃宫前，植大松六，叠假山四，作白鹤二，生子母鹿三；池上结棚，覆以松枝，松子垂如葡萄；池中刻木鲤大小五，令浮水面。环池以竹，栏旁有坊，曰“偕乐坊”。柱悬一板，题曰：“鹿濯濯，鸟鬲鬲，牣鱼跃[8]。”归而述诸副使，副使曰：“此皆《志略》所载。事隔数十年，一字不易，可谓印板文字矣。”从客皆笑。

注释

①榜：牌坊上的匾额。

②雉堞：泛指城墙。

③崒：山峰高耸险峻。

④伏羲画卦：伏羲为中华民族人文始祖，是我国古籍记载中最早的王，所处时代约为新石器时代早期，相传他始画八卦。

⑤固朴：结实而古朴。

⑥欢忭：欢乐。

⑦彪：小老虎。

⑧鹿濯濯，鸟翯翯，牣鱼跃：语出《诗经·大雅·灵台》：“麀鹿濯濯，白鸟翯翯。”“王在灵沼，于牣鱼跃。”濯濯，肥泽貌；翯翯，洁白貌。牣鱼跃，指满塘的鱼活蹦乱跳。

宜野湾县，有龟寿者，事继母以孝，国人莫不闻。母爱所生子，而短龟寿于其父伊佐前[1]，且不食以激其怒。伊佐惑之，欲死龟寿，将令深夜汲北宫，要而杀之[2]。仆匿龟寿于家，往谏伊佐，伊佐缚而放之。且谓事已露，不可杀，乃逐龟寿。龟寿既被放，欲自尽，又恐张母恶。值天雨雹，病不支，僵卧于路。巡官见之，近而抚其体犹温，知未死，覆以己衣，渐苏。徐诘其故，龟寿不欲扬父母之恶，饰词告之[3]。

初，巡官闻孝子龟寿被放，意不平。至是见言语支吾，疑即龟寿。赐衣食令去，密访得其状。乃传集村人，系伊佐妻至[4]，数其罪而监之。将告于王，龟寿愿以身代。巡官不忍伤孝子心，召伊佐夫妇面谕之。妇感悟，卒为母子如初。副使既为之记，余复为诗以表章之。诗云："輶轩问俗到球阳[5]，潜德端须为阐扬。诚孝由来能感格，何殊闵损与王祥[6]。"以为事继母而不能尽孝者劝。

注释

①短：说坏话。

②要：同"邀"，中途拦截。

③饰词：掩饰真相的话语。

④系：拘捕。

⑤輶轩：轻车。古代帝王的使臣多乘輶车，后遂称使臣为輶轩使。

⑥闵损：孔子弟子，字子骞，以孝行闻名于世，有"芦衣顺母"之佳话。王祥：汉末琅琊人。事继母朱氏，以孝著称。

经迭山墟，方集，因步行集中。观所市物，薯为多，亦有鱼、盐、酒、菜、陶、木器、蕉苎、土布，粗恶无足观者。国无肆店[1]，率业于其家。市货以有易无，不用银钱。闻国中率用日本宽永钱[2]，比来亦不见[3]。昨香崖携示串钱，环如鹅眼，无轮廓，贯以绳，积长三寸许，连四贯而合之，封以纸，上有钤记[4]。此球人新制钱，每封当大钱十。盖国中钱少，宽永钱铜质较美，恐或有人买去，故收藏之，特制此钱应用。市中无钱以此。

国中男逸女劳，无有肩担背负者。赶集、织纫及采薪、运水，皆妇人主之，凡物皆戴之顶[5]。女衣既无钮无带，又不束腰，而国俗男女皆无袴，势须以手曳襟。襟较男衣长，叠襟下为两层，风不得开。因悟髻必偏坠者，以手既曳襟，须空其顶以戴物。童而习之，虽重百斤，登山涉涧，无倾侧，是国中第一绝技也。其动作时，常卷两袖至背，贯绳而束之。发垢辄洗，洗用泥；脱衣结于腰，赤身低头，见人亦不避。抱儿惟一手，叉置腰间，即藉以曳襟。

注释

①肆店：专门进行市集贸易的店铺。

②宽永钱：指日本宽永年间铸造的宽永通宝，因制作精美，为民间所乐用，是当时中国境内流通量最大的外国方孔圆钱。

③比来：等到我们来。比，及、等到。

④钤记：清朝官印之一种。凡文职佐杂官以及不兼管兵马钱粮的武职官员所用之官印称之为钤记。受地方长官委派办事的机关或人员，亦用钤记。

⑤戴：同“载”。以头顶物。

东苑在崎山，出欢会门，折而北。逐瑞泉下流，至龙渊桥，汇而为池，广可十丈，长可数十丈，捍以堤[①]，曰“龙潭”。水清鱼可数，荷叶半倒。再折而东，有小村，篠屏修整[②]，松盖阴翳，薄云补林，微风啸竹。园外已极幽趣。

入门，板亭二，南向。更进而南，屋三楹，亭东有阜如覆盂[③]。折而南，有岩西向，上镌梵字。下蹲石狮一，饰以五彩。再下，有小方池，凿石为龙首，泉从口出。有金鱼池，前竹万竿，后松百挺。再东，为望仙阁。前有“东苑阁”，后为“能仁堂”。东北望海，西南望山。国中形胜，此为第一。

南苑之胜，亦不减于东苑。越中马、富盛，折而东，循行阡陌间，水田漠漠，番薯油油，绝无秋景。薯有新种者，问知已三收矣。再入山，松阴夹道，茅屋参差，田家之景可画。计十余里，始入苑村，名姑场川，即“同乐苑”也。苑踞山脊，轩五楹，夹室为复阁，颇曲折。轩前有池，新凿，狭而东西长，叠礁为桥。桥南新阜累累，因阜以为亭，宜远眺。亭东，植奇花异卉。有花绝类蝴蝶，绛红色，叶如嫩槐，曰“蝴蝶花”；有松叶如白毛，曰“白发松”。池东，旧有亭圯[4]，以布代之。池西，有阁，颇轩敞，四面风来，宜纳凉。有阁曰“迎晖”，有亭曰“一览”，即正副使所题也。轩北有松，有凤蕉，有桃，有柳。黄昏举烟火，略同中国。

余偕寄尘游波上，板阁无他神，惟挂铜片幡，上凿“奉寄御币”字[5]，后署云“元和二年壬戌[6]”。或疑为唐时物，非也。按，元和二年为丁亥，非壬戌也。日本马场信武，撰《八卦通变指南》，内列“三元指掌”，云：“上元起永禄七年甲子，止元和三年癸亥；如元起宽永元年甲子，止元和三年癸亥；下元起贞亨元年甲子。今元禄十六年癸未。”国中既行宽永钱，证以元和日本僭号[7]，知琉球旧曾奉日本正朔[8]，今讳言之欤?

注释

①捍以堤：用堤坝护卫着。

②筱屏：细竹像屏风一样。

③阜：小土山。

④亭圯：带亭子的小桥。

⑤奉寄御币：皇帝给使臣的俸钱。

⑥元和二年壬戌：作者认为“元和”不是唐代年号，而是日本国冒用帝王的尊号。

⑦僭号：臣属冒用帝王的尊号。

⑧奉日本正朔：按日本朝代年号纪年。正，一年之始；朔，一月之始，正朔合指年号。

纸鸢制无精巧者，儿童多立屋上放之。按中国多放于清明前，义取张口仰视，宣导阳气，令儿少疾。今放于九月，以非九月纸鸢不能上，则风力与中国异。即此可验球阳气暖，故能十月种稻。

国俗男欲为僧者，听[1]，既受戒，有廪给。有犯戒者，饬令还俗[2]，放之别岛。女子愿为土妓者，亦听。接交外客，女之兄弟，仍与外客叙亲往来，然率皆贫民，故不以为耻。若已嫁夫而复敢犯奸者，许女之父兄自杀之，不以告王，即告王，王亦不赦。此国中良贱之大防[3]，所以重廉耻也。

此邦有红衣妓，与之言不解。按拍清歌，皆方言也。然风韵亦正有佳者，殆不减憨园。近忽因事他迁，以扇索诗，因题二诗以赠之。诗云：

芳龄二八最风流，楚楚腰身剪剪眸[4]。
手抱琵琶浑不语，似曾相识在苏州。

新愁旧恨感千端，再见真如隔世难。
可惜今宵好明月，与谁共卷绣帘看？

注释

①听：听任、任凭。

②饬令：勒令。

③大防：原则性的界限。

④剪剪：闪忽貌，指眼神撩人。

国人率恭谨，有所受，必高举为礼。有所敬，则俯身搓手而后膜拜。劝尊者酒，酌而置杯于指尖以为敬，平等则置手心。

此邦屋俱不高，瓦必瓯，[1]以避飓也。地板必去地三尺，以避湿也。屋脊四出，如八角亭。四面接修[2]，更无重构复室，以省材也。屋无门户，上限刻双沟[3]，设方格，糊以纸，左右推移，更不设暗闩，利省便，恃无盗也。临街则设矣。神龛置青石于炉，实以砂，祀祖神也。国以石为神，无传真也[4]。瓦上瓦狮，《隋书》所谓兽头骨角也。壁无粉墁，示朴也。贵家间有糊砑粉花笺，习华风，渐奢也。

注释

①瓯：筒瓦。

②接修：连着修建。

③限：门槛。

④传真：画家画的神像。

龟山有峰独出，与众山绝。前附小峰，离约二丈许。邦人驾石为洞，连二山，高十丈余，结布幔于洞东。不憩，拾级而登，行洞上，又十余级，乃陟巅。巅恰容一楼，楼无名，四面轩豁，无户牖。副使谓余曰："兹楼俯中山之全势，不可无名。"因名之曰"蜀楼"，并为之跋曰："蜀者何，独也。楼何以蜀名，以其踞独山也。"不曰独而曰蜀者，以副使为蜀人。楼构已百年，而副使乃名之，若有待也。楼左瞰青畴[1]，右扶苍石，后临大海，前揖中山，坐其中以望，若建瓴焉[2]。余又请于副使曰："额不可无联。"副使因书前四语付之。归路，循海而西，崖洞溪壑，皆奇峭，是又一胜游矣。

越南山，度丝满村，人家皆面海，奇石林立。遵海而西，有山，翠色攒空，石骨穿海，曰“砂岳”。时午潮初退，白石粼粼，群马争驰，飞溅如雨。再西，度大岭村，丛棘为篱，渔网数百晒其上。村外水田漠漠，泥淖陷马，有牛放于冈。汪录谓马耕无牛，今不尽然也。

注释

①青畴：绿色的田野。

②建瓴：高屋建瓴，即居高临下之意。

本岛能中山语者，给黄帽，为酋长。岁遣“亲云上”监抚之[①]，名奉行官，主其赋讼，各赋其土之宜[②]，以贡于王。间切者，外府之谓。首里、泊、久米、那霸四府为王畿，故不设。此外皆设，职在亲民，察其村之利弊，而报于“亲云上”。间切，略如中国知府。中山属府十四，间切十。山南省属府十二，山北省属府九，间切如其府数。

国俗自八月初十至十五日，并蒸米，拌赤小豆，为饭相饷，以祭月。风同中国。是夜，正副使邀从客露饮。月光澄水，天色拖蓝，风寂动息，潮声杂丝竹声，自远而至。恍置身三山[③]，听子晋吹笙[④]，麻姑度曲[⑤]，万缘俱静矣。宇宙之大，同此一月。回忆昔日萧爽楼中，良宵美景，轻轻放过，今则天各一方，能无对月而兴怀乎？

世传八月十八日，为潮生辰。国俗，于是夜候潮波上。子刻，偕寄尘至波上，草如碧毯，沾露愈滑，扶仆行，凭垣倚石而坐。丑刻，潮始至，若云峰万叠，卷海飞来。须臾，腥气大盛，水怪抟风，金蛇掣电，天柱欲折，地轴暗摇，雪浪溅衣，直高百尺，未敢遽窥鲛宫[⑥]，已若有推而起之者。迷离惝恍，千态万状。观此，乃知枚乘《七发》[⑦]，犹形容未尽也。潮既退，始闻噌吰之声出礁石间[8]。徐步至护国寺，尚似有雷霆震耳。潮至此，观止矣。

注释

①亲云上：钦差。

②赋其土之宜：收集本地的特产。

③三山：指神话传说中方壶、蓬莱、瀛洲三座仙山。

④子晋吹笙：王子乔，字子晋，相传为周灵王太子，喜吹笙作凤凰鸣，被浮丘公引往嵩山修炼，后升仙。

⑤麻姑度曲：麻姑，传说中的仙女；度曲，按曲谱歌唱。

⑥鲛宫：即龙宫，此指海洋。

⑦枚乘《七发》：枚乘，字叔，淮阴人，西汉著名辞赋家，《七发》是其辞赋名篇，其中观涛一节极写“涛”之雄伟壮丽。

⑧噌吰：象声词，多形容钟鼓之声。

元旦至六日，贺节。初五日，迎灶。二月，祭麦神。十二日，浚井[1]，汲新水，俗谓之洗百病。三月三日，作艾糕[2]。五月五日，竞渡。六月六日，国中作六月节，家家蒸糯米，为饭相饷[3]。十二月八日，作糯米糕，层裹棕叶，蒸以相饷，名曰“鬼饼”。二十四日，送灶。正、三、五、九为吉月，妇女率游海畔，拜水神祈福。逢朔日，群汲新水献神。此其略也。余独疑国俗敬佛，而不知四月八日为佛诞辰；腊八鬼饼如角黍，而不知七宝粥。

国王送菊二十余盆，花叶并茂，根际皆以竹签标名。内三种尤异类：一名“金锦”，朵兼红、黄、白三色，小而繁，灿如列星；一名“重宝”，瓣如莲而小，色淡红；一名“素球”，瓣宽，不类菊，重叠千层，白如雪。皆所未见者，媵之以诗[4]，诗云："陶篱韩圃多秋色[5]，未必当年有此花。似汝幽姿真可惜，移根无路到中华。"

注释

①浚井：疏通水井，清理赃物。

②艾糕：加艾蒿制成的糕饼。

③饷：馈赠。

④媵：相送。

⑤韩圃：韩湘子的园圃。韩湘子，传说中的八仙之一。

见狮子舞，布为身，皮为头，丝为尾，翦彩如毛饰其外，头尾口眼皆活，镀睛贴齿。两人居其中，俯仰跳跃，相驯狎欢腾状。余曰："此近古乐矣。"按《旧唐书·音乐志》，后周武帝时，造太平乐，亦谓之五方狮子舞。白乐天《西凉伎》云："假面夷人弄狮子，刻木为头丝作尾。金镀眼睛银贴齿，奋迅毛衣罢双耳[1]。"即此舞也。

此邦有所谓"踏柁戏"者[2]，横木以为梁，高四尺余，复置板而横之，长丈有二尺，虚其两端，均力焉。夷女二，结束衣彩，赤双足，各手一巾，对立相视而歌，歌未竟，跃立两端。稍作低昂，势若水碓之起伏[3]，渐起渐高。东者陡落而激之，则西飞起三丈余，翩翩若轻燕之舞于空也。西者落而陡激之，则东者复起，又如鸷鸟之直上青云也。叠相起伏，愈激愈疾，几若山鸡舞镜，不复辨其孰为影，孰为形焉。俄焉，势渐衰，机渐缓，板末乃安，齐跃而下，整衣而立。终戏，无虚蹈方寸者[4]，技至此绝矣。

注释

①罢双耳：低垂双耳。罢，通“疲”。

②踏柁戏：类似今日之跷跷板，但非坐于其上，而是站在上面跳跃。

③水碓：利用水力舂米的装置。

④无虚蹈方寸者：没有踩空一丝半点。

接送宾客颇真率，无揖让之烦。客至不迎，随意坐，主人即具烟架、火炉、竹筒、木匣各一，横烟管其上，匣以烟，筒以弃灰也。遇所敬客，乃烹茶；以细末粉少许，杂茶末，入沸水半瓯，搅以小竹帚，以沫满瓯面为度。客去，亦不送。贵官劝客，常以箸蘸浆少许[①]，纳客唇以为敬。烧酒著黄糖则名福，著白糖则名寿，亦劝客之一贵品也。

重阳具龙舟竞渡于龙潭。琉球亦于五月竞渡，重阳之戏，专为宴天使而设。因成三诗以志之，诗云：

故园辜负菊花黄，万里迢迢在异乡。
舟泛龙潭看竞渡，重阳错认作端阳。

去年秋在洞庭湾，亲摘黄花插翠鬟。
今日登高来海外，累伊独上望夫山。

待将风信泛归槎，犹及初冬好到家。
已误霜前开菊宴，还期雪里访梅花。

闻程顺则曾于津门购得宋朱文公墨迹十四字[②]，今其后裔犹宝之。借观不得，因至其家。开卷，见笔势森严，如奇峰怪石，有岩岩不可犯之色[③]，想见当日道学气象。字径八寸以上，文曰：“香飞翰苑围川野，春报南桥叠萃新。”后有名款，无岁月。文公墨迹流传世间者，莫不宝而藏之。盖其所就者大[4]，笔墨乃其余事，而能自成一家言如此。知古人学力，无所不至也。

又游蔡清派家祠。祠内供蔡君谟画像[5]，并出君谟墨迹见示，知为君谟的派[6]，由明初至琉球，为三十六姓之一。清派能汉语，人亦倜傥。由祠至其家，花木俱有清致，池圆如月，为额其室曰："月波大屋。"

大抵球人工剪剔树木，叠砌假山，故士大夫家率有丘壑以供游览。庭中树长竿，上置小木舟，长二尺，桅舵帆橹皆备。首尾风轮五叶，挂色旗以候风。渡海之家，率预计归期。南风至，则合家欢喜，谓行人当归，归则撤之。即古五两旗遗意。

注释

①箸：筷子。

②朱文公：南宋理学家朱熹。

③岩岩：威严。

④所就者大：所成就的功德大。

⑤蔡君谟：蔡襄，字君谟，北宋书法家。

⑥的派：的确是同一宗派。

国王有墨长五寸，宽二寸。有老坑端砚[1]，长一尺，宽六寸，有"永乐四年[2]"字，砚背有"七年四月东坡居士留赠潘邠老"字。问知为前明受赐物。国中有东坡诗集，知王不但宝其砚矣。

棉纸、清纸，皆以谷皮为之，恶不中书者。有护书纸，大者佳，高可三尺许，阔二尺，白如玉，小者减其半。亦有印花诗笺，可作札。别有围屏纸，则糊壁用矣。徐葆光《球纸》诗云："冷金入手白于练[3]，侧理海涛凝一片[4]。昆刀截截径尺方[5]，叠雪千层无幂面[6]。"形容殆尽。

注释

①端砚：以广东德庆县端溪之石所制之砚。石质坚实细润，雕琢精美。

②永乐四年：明成祖丙戌年，公元1406年。

③冷金：原意为笺纸上泥金，此指琉球纸。

④侧理：翻动纸边。

⑤昆刀：指裁纸刀。

⑥无幂面：指洁白无覆盖涂抹之痕。

南炮台间，有碑二。一正书，剥蚀甚微，"奉书造"三字；一其国学书[1]。前朝嘉靖二十一年建[2]，惟不能尽识。其笔力正自遒劲飞舞。

有木曰"山米"，又名"野麻姑"，叶可染，子如女贞，味酸，土人榨以为醋。球醋纯白，不甚酸，供者以为米醋，味不类，或即此果所榨欤？

席地坐，以东为上，设毡。食皆小盘，方盈尺，著两板为脚，高八寸许。肴凡四进[3]，各盘贮而不相共。三进皆附以饭，至四肴乃进酒二，不过三巡。每进肴止一盘，必撤前肴而后进其次肴。饭用油煎面果，次肴饭用炒米花，三肴用饭。每供肴酒，主人必亲手高举，置客前，俯身搓手而退。终席，主人不陪，以为至敬。此球人宴会尊客之礼，平等乃对饮。大要球俗[4]，席皆坐地，无椅桌之用，食具如古俎豆[5]，肴尽干制，无所用勺。虽贵官家食，不过一肴、一饭、一箸，箸多削新柳为之。即妻子不同食，犹有古人之遗风焉。

注释

①国学书：中山国的字体。

②嘉靖二十一年：即公元1542年。

③肴凡四进：菜肴一共上四次。

④大要：大概、大体。

⑤俎豆：古代祭祀、宴宾用的器具。俎，置肉的几；豆，盛干肉等食物的器皿。

使院“敷命堂”后，旧有二榜。一书前明册使姓名：洪武五年[①]，封中山王察度，使行人汤载[②]；永乐二年[③]，封武宁，使行人时中；洪熙元年[④]，封巴志，使中官柴山；正统七年[⑤]，封尚忠，使给事中俞忭[⑥]、行人刘逊；十三年，封尚思达，使给事中陈传、行人万祥；景泰二年[⑦]，封尚景福，使给事中乔毅、行人童守宏；六年，封尚泰久，使给事中严诚、行人刘俭；天顺六年[⑧]，封尚德，使吏科给事中潘荣、行人蔡哲；成化六年[⑨]，封尚圆，使兵科给事中官荣、行人韩文；十三年，封尚真，使兵科给事中董旻、行人司司副张祥；嘉靖七年[⑩]，封尚清，使吏科给事中陈侃、行人高澄；四十一年，封尚元，使吏科左给事中郭汝霖、行人李际春；万历四年[⑪]，封尚永，使户科左给事中萧崇业、行人谢杰；二十九年，封尚宁，使兵科右给事中夏子阳、行人王士正；崇祯元年[⑫]，封尚丰，使户科左给事中杜三策、行人司司正杨伦。凡十五次，二十七人。柴山以前，无副也。一书本朝册使姓名：康熙二年[⑬]，封尚质，使兵科副理官张学礼、行人王垓；二十一年，封尚贞，使翰林院检讨汪楫、内阁中书舍人林麟焻；五十八年，封尚敬，使翰林院检讨海宝、翰林院编修徐葆光；乾隆二十一年[⑭]，封尚穆，使翰林院侍讲全魁、翰林院编修周煌。凡四次，共八人。

注释

①洪武五年：明太祖壬子年，公元1372年。

②行人：古代官职名，使臣的统称。

③永乐二年：明成祖甲申年，公元1404年。

④洪熙元年：明仁宗乙巳年，公元1425年。

⑤正统七年：明英宗壬戌年，公元1442年。

⑥给事中：掌侍从、谏诤、补阙、拾遗、审核、封驳诏旨，与御史互为补充。

⑦景泰二年：明代宗辛未年，公元1451年。

⑧天顺六年：明英宗壬午年，公元1462年。

⑨成化六年：明宪宗庚寅年，公元1470年。

⑩嘉靖七年：明世宗戊子年，公元1528年。

⑪万历四年：明神宗丙子年，公元1576年。

⑫崇祯元年：明思宗戊辰年，公元1628年。

⑬康熙二年：清圣祖癸卯年，公元1663年。

⑭乾隆二十一年：清高祖丙子年，公元1756年。

清明后，南风为常；霜降后，南北风为常，反是飓飓[①]将作。正二三月多飓，五六七八月多飓。飓骤发而倏止，飓渐作而多日。九月北风或连月，俗称九降风，间有飓起，亦骤如飓。遇飓犹可，遇飓难当。十月后多北风，飓飓无定期，舟人视风隙以来往。凡飓将至，天色有黑点，急收帆，严舵以待，迟则不及，或至倾覆。飓将至，天边断虹若片帆，曰“破帆”；稍及半天如鲎尾[②]，曰“屈鲎”。若见北方尤虐。又海面骤变，多秽如米糠，及海蛇浮游，或红蜻蜓飞绕，皆飓风征。

注释

①飓飑：飓风、飑风。均为海洋强烈风暴。

②鲎：节肢动物，甲壳类，生活在海中，尾坚硬，形状像宝剑，肉可食。

自来球阳，忽已半年，东风不来，欲归无计。十月二十五日，乃始扬帆返国。至二十九日，见温州南杞山。少顷，见北杞山，有船数十只泊焉。舟人皆喜，以为此必迎护船也。守备登后艄以望[①]，惊报曰："泊者贼船也。"又报："贼船皆扬帆矣。"未几，贼船十六只，吆喝而来。我船从舵门放子母炮，立毙四人，击喝者堕海，贼退。枪并发，又毙六人；复以炮击之，毙五人。稍进，又击之，复毙四人，乃退去。其时，贼船已占上风，暗移子母炮至舵右舷边，连毙贼十二人，焚其头篷[②]，皆转舵而退。中有二船较大，复鼓噪，由上风飞至。大炮准对贼船，即施放，一发中其贼首，烟迷里许。既散，则贼船已尽退。是役也，枪炮俱无虚发，幸免于危。

不一时，北风又至，浪飞过船。梦中闻舟人哗曰："到官塘矣！"惊起。从客皆一夜不眠，语余曰："险至此，汝尚能睡耶？"余问其状，曰："每侧则篷皆卧水，一浪盖船，则船身入水，惟闻瀑布声，垂流不息。其不覆者，幸耶！"余笑应之曰："设覆，君等能免乎？余入黑甜乡[③]，未曾目击其险，岂非幸乎？"盥后，登战台视之，前后十余灶皆没，船面无一物，爨火断矣。舟人指曰："前即定海，可无虑矣。"申刻乃得泊。船户登岸购米薪，乃得食。

是夜修家书，以慰芸之悬系[④]，而归心益切。犹忆昔年，芸尝谓余："布衣菜饭，可乐终身，不必作远游。"此番航海，虽奇而险，濒危幸免，始有味乎芸之言也[5]。

注释

①守备：担任护卫的官员。

②头篷：领头船的船帆。

③黑甜乡：指梦乡。

④悬系：悬望与牵挂。

⑤味：体味。

卷六

养生记道

导读

养生，是中国传统文化的一个命题。形而上之，可以为哲学主体论，修炼高迈俊洁的精神品格，成就为意足神完的逸士高人；形而下之，可以为若干健康长寿要诀，甚至为奇门异术，以成就长生不老之玄想。因此，在中国，无论达官贵人、文人雅士、乡间野老、走卒贩夫，都喜谈养生，津津乐道，长说长新。

要而论之，传统养生学以道家哲学为基本精神，以传统中医学为基本骨架，融会诸如气功、武术、道教、佛学以及衣食住行等多种元素，其目的直指精神的终极和物质的终极——精神上的自足神完，物质上的长生不老、羽化成仙。抛开细微末节的技巧不论，就大处而言，传统的养生之道讲究摄心、固性、修身、养气。所谓“摄心”，即放松心理，剔除杂念，停止思考，不为欲望所累，不为是非所扰，达到无欲无求心如止水的境界，使生命在自然状态下得到舒展。所谓“固性”，即尊重人与生俱来的天性，如生理特点、个性特征等，发扬其优势，弥补其不足，不矫情、不掩饰、不强求，自然而然（中国古代对房事不回避，不贪求，充分体现出“固性”的养生理念）。所谓“修身”，即清洁体肤端正行为，保养肌体节制物欲，为长生不老做好物质上的准备。所谓“养气”，即追求一种血脉贯通、自然和谐、通体安泰、神形融会的整体生命效果，使生命在平衡融洽中无限延续。若从以上四个大的方面用功，便可收到颐养性情、延年益寿的效果。

读《养生记道》全卷，似乎理不清其中的逻辑脉络，意脉不连贯，语句多重复，因此，算不得系统而完备的养生学，但细细玩味，还是能发现诸多妙处。

其一，记养生之道，从读《庄子》开始写起，颇有见地。的确，庄子才是养生的精神领袖，而中医学只是养生的实践技师而已。养生学所强调的摄心、固性、修身、养气，无一不体现出庄子求心斋、尚虚静的哲学理念。以此为本源谈养生，能保持较高的格调，不至于跌入奇门异术之中。

其二，虽然论述不系统，意脉不连贯，但信马由缰，随意点染，却更符合自然而然的养生原则，而且如散片堆积的文章形态，更具有问题的敞开性，为思考留下了更大的空间。

其三，细微之处时有闪光之见。如：远离声色，寄情书画，的确能陶冶性情；“读书为颐养第一事”，既能平心静气，又符合当今终身学习的读书理念；所创调息之法颇具操作性。如此等等，不一而足。

养生的确能收到呵护健康延年益寿的效果，其力戒奢望、调护元气、节制饮食等养生之道也符合现代医学卫生原则。需要注意的是，切忌不可走火入魔，把养生理论推向极端。如把适度的戒除奢望、调护元气、节制饮食极端化为禁欲，如此便会走向反面，不仅不能养生，而且还会有害身心健康。

自芸娘之逝，戚戚无欢。春朝秋夕，登山临水，极目伤心，非悲则恨。读《坎坷记愁》，而余所遭之拂逆可知也。

静念解脱之法，行将辞家远出，求赤松子于世外。嗣以淡安、揖山两昆季之劝，遂乃栖身苦庵，惟以《南华经》自遣[①]。乃知蒙庄鼓盆而歌[②]，岂真忘情哉？无可奈何，而翻作达耳[③]。余读其书，渐有所悟。读《养生主》而悟达观之士[④]，无时而不安，无顺而不处，冥然与造化为一。将何得而何失，孰死而孰生耶？故任其所受，而哀乐无所措其间矣。又读《逍遥游》[5]，而悟养生之要，惟在闲放不拘，怡适自得而已。始悔前此之一段痴情，得勿作茧自缚矣乎！此《养生记道》之所以为作也。亦或采前贤之说以自广[6]，扫除种种烦恼，惟以有益身心为主，即蒙庄之旨也。庶几可以全生，可以尽年。

注释

①《南华经》：即《庄子》。天宝元年（公元742年）唐玄宗诏号《庄子》为《南华真经》。

②鼓盆而歌：典出《庄子·至乐》："庄子妻死，惠子吊之，庄子则方箕踞鼓盆而歌。""鼓盆而歌"反映了庄子等生死而同之的齐物论思想。

③翻作达：故作旷达。

④《养生主》：《庄子》篇名，意为养生的要领。

⑤《逍遥游》：《庄子》开宗明义第一篇。主旨是"无所待"，即不依凭任何条件的绝对自由。

⑥自广：自我发挥。

余年才四十，渐呈衰象。盖以百忧摧撼，历年郁抑，不无闷损。淡安劝余每日静坐数息，仿子瞻《养生颂》之法[1]，余将遵而行之。调息之法[2]，不拘时候，兀身端坐，子瞻所谓摄身使如木偶也。解衣缓带，务令适然。口中舌搅数次，微微吐出浊气，不令有声，鼻中微微纳之。或三五遍，二七遍，有津咽下，叩齿数通。舌抵上腭，唇齿相著，两目垂帘，令胧胧然渐次调息，不喘不粗。或数息出，或数息入，从一至十，从十至百，摄心在数，勿令散乱。子瞻所谓"寂然、兀然、与虚空等也"。如心息相依，杂念不生，则止勿数，任其自然。子瞻所谓“随”也。坐久愈妙。若欲起身，须徐徐舒放手足，勿得遽起。能勤行之，静中光景，种种奇特。子瞻所谓“定能生慧”。自然明悟，譬如盲人忽然有眼也。直可明心见性，不但养身全生而已。出入绵绵，若存若亡，神气相依，是为真息。息息归根，自能夺天地之造化，长生不死之妙道也。

注释

①子瞻：苏轼，字子瞻，北宋著名文学家。

②调息：调理呼吸。

人大言，我小语[①]。人多烦，我少记[②]。人悖怖，我不怒。澹然无为，神气自满。此长生之药。《秋声赋》云[③]：“奈何思其力之所不及[④]，忧其智之所不能。宜其渥然丹者为槁木，黟然黑者为星星。”此士大夫通患也。又曰：“百忧感其心，万事劳其形。有动乎中，必摇其精。”人常有多忧多思之患，方壮遽老，方老遽衰。反此亦长生之法。舞衫歌扇，转眼皆非。红粉青楼，当场即幻。秉灵烛以照迷情，持慧剑以割爱欲。殆非大勇不能也。然情必有所寄，不如寄其情于卉木，不如寄其情于书画，与对艳妆美人何异？可省却许多烦恼。

范文正有云：“千古圣贤，不能免生死，不能管后事。一身从无中来，却归无中去。谁是亲疏？谁能主宰？既无奈何，即放心逍遥，任委来往[⑤]。如此断了，即心气渐顺，五脏亦和，药方有效，食方有味也。只如安乐人，勿有忧事。便吃食不下，何况久病，更忧身死，更忧身后，乃在大怖中，饮食安可得下？请宽心将息”云云。乃劝其中舍三哥之帖。余近日多忧多虑，正宜读此一段。

放翁胸次广大[⑥]，盖与渊明、乐天、尧夫[⑦]、子瞻等，同其旷逸。其于养生之道，千言万语，真可谓有道之士。此后当玩索陆诗[8]，正可疗余之病。

注释

①大言、小语：大言，说话高声大嗓；小语，轻言细语。

②少记：指少记烦愁。

③《秋声赋》：北宋文学家欧阳修的散文名篇。

④奈何：为何。

⑤任委：任凭。

⑥放翁：陆游，字务观，号放翁，南宋爱国诗人。

⑦尧夫：邵雍，子尧夫，北宋理学家。

⑧玩索：玩赏研究。

浴极有益[1]。余近制一大盆，盛水极多。浴后，至为畅适。东坡诗所谓“淤槽漆斛江河倾，本来无垢洗更轻[2]”，颇领略得一二。

治有病，不若治于无病。疗身，不若疗心。使人疗，尤不若先自疗也。林鉴堂诗曰：“自家心病自家知，起念还当把念医。只是心生心作病，心安那有病来时。”此之谓自疗之药。游心于虚静[3]，结志于微妙[4]，委虑于无欲[5]，指归于无为[6]，故能达生延命，与道为久。

《仙经》以精、气、神为内三宝；耳、目、口为外三宝。常令内三宝不逐物而流，外三宝不诱中而扰。重阳祖师于十二时中[7]，行、住、坐、卧，一切动中，要把心似泰山，不摇不动。谨守四门：眼、耳、鼻、口，不令内入外出，此名养寿紧要。外无劳形之事，内无思想之患，以恬愉为务，以自得为功，形体不敝[8]，精神不散。

注释

①澡浴：沐浴。

②“淤槽漆斛江河倾，本来无垢洗更轻”：诗句出自于苏轼《宿海会寺》。淤槽漆斛，指积淀着淤泥的木槽和油漆过的澡盆。

③游心：留心。

④结志：凝聚神志。

⑤委虑：寄托思虑。

⑥指归：主旨、意向。

⑦重阳祖师：指王重阳，北宋末京兆咸阳（今陕西咸阳）人。中国道教分支全真教的创始人，后被尊为道教的北五祖之一。

⑧不敝：不疲惫。

益州老人尝言：“凡欲身之无病，必须先正其心。使其心不乱求，心不狂思，不贪嗜欲，不着迷惑，则心君泰然矣[①]。心君泰然，则百骸四体，虽有病，不难治疗。独此心一动，百患为招，即扁鹊华佗在旁，亦无所措手矣[②]。”

林鉴堂先生有《安心诗》六首。真长生之要诀也。诗云：

我有灵丹一小锭，能医四海群迷病。
些儿吞下体安然[③]，管取延年兼接命。

安心心法有谁知，却把无形妙药医。
医得此心能不病，翻身跳入太虚时[④]。

念杂由来业障多[⑤]，憧憧扰扰竟如何[⑥]。
驱魔自有玄微诀，引入尧夫安乐窝。

人有二心方显念，念无二心始为人。
人心无二浑无念，念绝悠然见太清[⑦]。

这也了时那也了，纷纷攘攘皆分晓。
云开万里见清光，明月一轮圆皎皎。

四海遨游养浩然，心连碧水水连天。
津头自有渔郎问[⑧]，洞里桃花日日鲜。

注释

①心君：古人以心为人之主宰，故称心为心君。

②错手：下手。错，同"措"，放置。

③些儿：表时间短暂，犹马上、立刻。

④太虚：空寂玄奥的境界。

⑤业障：佛教语。谓妨碍修行证果的罪业。

⑥憧憧：心神不定貌。

⑦太清：道家所谓三清之一。《淮南子·道应》注："太清，元气之清者也。无穷无形也。"

⑧津头：渡口。此指《桃花源记》中的武陵源渡口，喻养生修炼得道，进入佳境。

禅师与余谈养心之法，谓："心如明镜，不可以尘之也[①]。又如止水，不可以波之也。"此与晦庵所言[②]："学者，常要提醒此心，惺惺不寐[③]，如日中天，群邪自息，"其旨正同。又言："目毋妄视，耳毋妄听，口毋妄言，心毋妄动，贪嗔痴爱，是非人我，一切放下。未事不可先迎[④]，遇事不宜过扰，既事不可留住[⑤]；听其自来，应以自然，信其自去。忿懥恐惧[⑥]，好乐忧患，皆得其正。"此养心之要也。

王华子曰："斋者，齐也。齐其心而洁其体也，岂仅茹素而已[⑦]。所谓齐其心者，澹志寡营，轻得失，勤内省，远荤酒；洁其体者，不履邪径，不视恶色，不听淫声，不为物诱。入室闭户，烧香静坐，方可谓之斋也。诚能如是，则身中之神明自安，升降不碍，可以却病，可以长生。"

余所居室，四边皆窗户，遇风即阖，风息即开。余所居室，前帘后屏，太明即下帘，以和其内映；太暗则卷帘，以通其外耀。内以安心，外以安目，心目俱安，则身安矣。

禅师称二语告我曰："未死先学死，有生即杀生。"有生，谓妄念初生。杀生，谓立予铲除也。此与孟子"勿忘勿助"之功相通。

注释

①尘之：即使之尘，使其蒙上尘埃。

②晦庵：南宋理学家朱熹，字元晦，号晦庵。

③惺惺：清醒貌。

④先迎：提前预测。

⑤既事：已经过去的事情。

⑥忿：愤怒。

⑦茹素：吃素。

孙真人《卫生歌》云：

卫生切要知三戒，大怒大欲并大醉。
三者若还有一焉，须防损失真元气。

又云：

世人欲知卫生道，喜乐有常嗔怒少。
心诚意正思虑除，理顺修身去烦恼。

又云：

醉后强饮饱强食，未有此生不成疾。

入资饮食以养身，去其甚者自安适。

又蔡西山《卫生歌》云：

何必餐霞饵大药[1]，妄意延龄等龟鹤。

但于饮食嗜欲间，去其甚者将安乐。

食后徐行百步多，两手摩胁并胸腹。

又云：

醉眠饱卧俱无益，渴饮饥餐尤戒多。

食不欲粗并欲速，宁可少餐相接续。

若教一顿饱充肠，损气伤脾非尔福。

又云：

饮酒莫教令大醉，大醉伤神损心志。

酒渴饮水并啜茶，腰脚自兹成重坠。

又云：

视听行坐不可久，五劳七伤从此有。

四肢亦欲得小劳，譬如户枢终不朽。

又云：

道家更有颐生旨，第一戒人少嗔恚[2]。

凡此数言，果能遵行，功臻旦夕，勿谓老生常谈也。

注释

①餐霞：餐食日霞，指修仙学道。

②嗔恚：指仇视、怨恨和损害他人的心理。

洁一室，开南牖，八窗通明。勿多陈列玩器，引乱心目。设广榻、长几各一，笔砚楚楚[1]，旁设小几一，挂字画一幅，频换。几上置得意书一二部，古帖一本，古琴一张。心目间，常要一尘不染。

晨入园林，种植蔬果，芟草[2]，灌花，莳药[3]。归来入室，闭目定神。时读快书，怡悦神气。时吟好诗，畅发幽情。临古帖，抚古琴，倦即止。知己聚谈，勿及时事，勿及权势，勿臧否人物，勿争辩是非。或约闲行，不衫不履，勿以劳苦徇礼节。小饮勿醉，陶然而已。诚然如是，亦堪乐志。以视夫蹙足入绊[4]，申脰就羁[5]，游卿相之门，有簪佩之累[6]，岂不霄壤之悬哉？

注释

①楚楚：整洁。

②芟：除草。

③莳：栽种。

④蹙足入绊：急切地去参加科考。蹙，急促；入绊，指科举时期学童考晋生员。

⑤申脰就羁：伸长了脖子让人去捆绑。申，通“伸”，脰，脖子。

⑥簪佩之累：为显赫的地位所累。簪佩，古代官吏的冠簪和系于衣带上饰物，此借指显贵。

太极拳非他种拳术可及。太极二字，已完全包括此种拳术之意义。太极，乃一圆圈，太极拳即由无数圆圈联贯而成之一种拳术。无论一举手，一投足，皆不能离此圆圈，离此圆圈，便违太极拳之原理。四肢百骸不动则已，动则皆不能离此圆圈，处处成圆，随虚随实。练习以前，先须存神纳气，静坐数刻，并非道家之守窍也[1]。只须屏绝思虑，务使万缘俱静。以缓慢为原则，以毫不使力为要义，自首至尾，联绵不断。相传为辽阳张通，于洪武初奉召入都，路阻武当，夜梦异人，授以此种拳术。余近年从事练习，果觉身体较健，寒暑不侵。用以卫生，诚有益而无损者也。

省多言，省笔札，省交游，省妄想，所一息不可省者，居敬养心耳[②]。

杨廉夫有《路逢三叟词》云：

上叟前致词，大道抱天全[③]。
中叟前致词，寒暑每节宣[④]。
下叟前致词，百岁半单眠。

尝见后山诗中一词[⑤]，亦此意。盖出应璩[⑥]，璩诗曰：

昔有行道人，陌上见三叟。
年各百岁余，相与锄禾麦。
往前问三叟，何以得此寿？
上叟前致词，室内姬粗丑。
二叟前致词，量腹节所受。
下叟前致词，夜卧不覆首。
要哉三叟言，所以能长久。

古人云："比上不足，比下有余。"此最是寻乐妙法也。将啼饥者比，则得饱自乐；将号寒者比，则得暖自乐；将劳役者比，则优闲自乐；将疾病者比，则康健自乐；将祸患者比，则平安自乐；将死亡者比，则生存自乐。

白乐天诗有云：

蜗牛角内争何事，石火光中寄此身[⑦]。
随富随贫且欢喜，不开口笑是痴人。

近人诗有云：

人生世间一大梦，梦里胡为苦认真？
梦短梦长俱是梦，忽然一觉梦何存！

与乐天同一旷达也！

注释

①守窍：道家十二静坐法之一，其要是集中意识，使意守丹田。

②居敬：居常保持恭敬。

③大道抱天全：遵循正道常理保持自然而然的状态。

④节宣：节制和宣泄。

⑤后山：陈师道，号后山居士，北宋江西诗派诗人。

⑥应璩：三国时曹魏文学家，字休琏，汝南（今河南汝南东南）人。

⑦石火：撞击石块所迸发出的火星，借喻人生短暂。

“世事茫茫，光阴有限，算来何必奔忙？人生碌碌，竞短论长，却不道荣枯有数，得失难量。看那秋风金谷[1]，夜月乌江[2]，阿房宫冷[3]，铜雀台荒[4]，荣华花上露，富贵草头霜。机关参透，万虑皆忘，夸什么龙楼凤阁，说什么利锁名缰。闲来静处，且将诗酒猖狂，唱一曲归来未晚，歌一调湖海茫茫。逢时遇景，拾翠寻芳。约几个知心密友，到野外溪旁，或琴棋适性，或曲水流觞[5]；或说些善因果报，或论些今古兴亡；看花枝堆锦绣，听鸟语弄笙簧。一任他人情反复，世态炎凉，优游闲岁月，潇洒度时光。”

此不知为谁氏所作，读之而若大梦之得醒，热火世界一贴清凉散也。

程明道先生曰[6]：“吾受气甚薄，因厚为保生。至三十而浸盛[7]，四十五十而后完。今生七十二年矣，较其筋骨，于盛年无损也。若人待老而保生，是犹贫而后蓄积，虽勤亦无补矣。”

注释

①金谷：指金谷园。晋太康年间巨富石崇所建，极其奢华。

②乌江：暗指项羽乌江自刎事。

③阿房宫：秦朝的宫殿，极尽奢华。

④铜雀台：建安十五年曹操所建，台高十丈，顶置铜雀展翅欲飞，故名铜雀台。

⑤曲水流觞：古民俗，每年农历三月在弯曲的水流旁设酒杯，流到谁面前，谁就取下来喝，可以祓除不祥。此指永和九年文人的兰亭雅集，王羲之的《兰亭集序》对此有精彩的描述。

⑥程明道：程颢，字伯淳，北宋理学家，世称明道先生，与其弟程颐合称为“二程”。

⑦浸盛：逐渐强壮。

口中言少，心头事少，肚里食少。有此三少，神仙可到。

酒宜节饮，忿宜速惩，欲宜力制。依此三宜，疾病自稀。

病有十可却：静坐观空，觉四大原从假合[1]，一也；烦恼现前，以死譬之，二也；常将不如我者，巧自宽解，三也；造物劳我以生，遇病少闲，反生庆幸，四也；宿孽现逢，不可逃避，欢喜领受，五也；家庭和睦，无交谪之言[2]，六也；众生各有病根，常自观察克治，七也；风寒谨防，嗜欲淡薄，八也；饮食宁节毋多，起居务适毋强，九也；觅高明亲友，讲开怀出世之谈，十也。

邵康节居安乐窝中[3]，自吟曰：

老年肢体索温存，安乐窝中别有春。
万事去心闲偃仰[4]，四肢由我任舒伸。
炎天傍竹凉铺簟，寒雪围炉软布茵。
昼数落花聆鸟语，夜邀明月操琴音。
食防难化常思节，衣必宜温莫懒增。
谁道山翁拙于用，也能康济自家身。

养生之道，只“清净明了”四字。内觉身心空，外觉万物空，破诸妄想，一无执着，是曰“清净明了”。

万病之毒，皆生于浓[5]。浓于声色，生虚怯病。浓于货利，生贪饕病[6]。浓于功业，生造作病。浓于名誉，生矫激病。噫，浓之为毒甚矣！樊尚默先生以一味药解之，曰：“淡。”云白山青，川行石立，花迎鸟笑，谷答樵讴，万境自闲，人心自闹。

注释

①四大：古人称大功、大名、大德、大权为四大。

②交谪：互相埋怨。

③邵康节：邵雍，字尧夫，宋代理学家，康节是其谥号。

④偃仰：比喻随世俗沉浮或进退。

⑤浓：欲望强烈。

⑥贪饕：贪婪，贪财。

岁暮访淡安，见其凝尘满室，泊然处之。叹曰：“所居，必洒扫涓洁，虚室以居，尘嚣不杂。斋前杂树花木，时观万物生意。深夜独坐，或启扉以漏月光，至昧爽[1]，但觉天地万物，清气自远而届，此心与相流通，更无窒碍。今室中芜秽不治，弗以累心，但恐于神爽，未必有助也。”

余年来静坐枯庵，迅扫夙习。或浩歌长林，或孤啸幽谷，或弄艇投竿于溪涯湖曲，捐耳目[2]，去心智，久之似有所得。

陈白沙曰[3]："不累于外物，不累于耳目，不累于造次颠沛[4]。鸢飞鱼跃，其机在我。"知此者谓之善学，抑亦养寿之真诀也。

圣贤皆无不乐之理。孔子曰："乐在其中[5]。"颜子曰："不改其乐[6]。"孟子以"不愧不怍[7]"为乐。《论语》开首说"乐"，《中庸》言"无人而不自得[8]"，程朱教寻孔颜乐趣，皆是此意。圣贤之乐，余何敢望，窃欲仿白傅之"有叟在中，白须飘然；妻孥熙熙，鸡犬闲闲"之乐云耳[9]。

注释

①昧爽：黎明，拂晓。

②捐耳目：捐弃声色之欲。

③陈白沙：陈献章，字公甫，明代自然主义思想家。居白沙里，门人称其为白沙先生。

④造次颠沛：造次，仓促鲁莽；颠沛，倾覆，扑倒。

⑤乐在其中：语出《论语·述而》："子曰：'饭疏食饮水，曲肱而枕之，乐亦在其中矣。不义而富且贵，于我如浮云。'"

⑥不改其乐：语出《论语·雍也》："子曰：'贤哉，回也！一箪食，一瓢饮，在陋巷，人不堪其忧，回也不改其乐。'"回，即颜回，孔子弟子。

⑦不愧不怍：语出《孟子·尽心上》："父母俱存，兄弟无故，一乐也；仰不愧于天，俯不怍于人，二乐也；得天下英才而教育之，三乐也。"

⑧无人而不自得：语出《中庸·十四》："素富贵，行乎富贵；素贫贱，行乎贫贱……君子无入而不自得焉。"意谓君子无

论处于何种境况，没有不是悠然自得的。

⑨白傅：即白居易，因曾为太子少傅，故后来诗文中常省称为白傅。文中诗句见其诗作《池上篇》。

冬夏皆当以日出而起，于夏尤宜。天地清旭之气，最为爽神，失之甚为可惜。余居山寺之中，暑月日出则起，收水草清香之味。莲方敛而未开，竹含露而犹滴，可谓至快。日长漏永，午睡数刻，焚香垂幕，净展桃笙[①]，睡足而起，神清气爽。真不啻天际真人也[②]。

乐即是苦，苦即是乐。带些不足，安知非福？举家事事如意，一身件件自在，热光景，即是冷消息。圣贤不能免厄，仙佛不能免劫，厄以铸圣贤，劫以炼仙佛也。

牛喘月[③]，雁随阳，总成忙世界；蜂采香，蝇逐臭，同是苦生涯。劳生扰扰，惟利惟名。牿旦昼[④]，蹶寒暑[⑤]，促生死，皆此两字误之。以名为炭而灼心，心之液涸矣；以利为蚕而螫心[⑥]，心之神损矣。今欲安心而却病，非将名利两字，涤除净尽不可。

余读柴桑翁《闲情赋》[⑦]，而叹其钟情；读《归去来辞》，而叹其忘情；读《五柳先生传》，而叹其非有情、非无情，钟之忘之，而妙焉者也。余友淡公，最慕柴桑翁，书不求解而能解，酒不期醉而能醉。且语余曰："诗何必五言？官何必五斗？子何必五男？宅何必五柳？"可谓逸矣！余梦中有句云："五百年谪在红尘，略成游戏；三千里击开沧海，便是逍遥。"醒而述诸琢堂，琢堂以为飘逸可诵。然而谁能会此意乎？

真定梁公每语人：每晚家居，必寻可喜笑之事，与客纵谈，掀髯大笑，以发舒一日劳顿郁结之气。此真得养生要

诀也。

注释

①桃笙：桃枝竹编的竹席。

②天际真人：天边的成仙之人。典出《世说新语·容止三十二》。

③牛喘月：即吴牛喘月。比喻因疑心而害怕。

④牿旦昼：像牛马一样整天被束缚着。牿，关牛马的圈栏。

⑤蹶寒暑：不分严寒酷暑的劳碌。

⑥虿：蝎子一类的毒虫。

⑦柴桑翁：指陶渊明，因其为浔阳柴桑（今江西九江）人，故称。

曾有乡人过百岁，余扣其术[①]。答曰："余乡村人，无所知。但一生只是喜欢，从不知忧恼。"此岂名利中人所能哉？

昔王右军云[②]："吾笃嗜种果，此中有至乐存焉。我种之树，开一花，结一实，玩之偏爱，食之益甘。"右军可谓自得其乐矣。

放翁梦至仙馆，得诗云："长廊下瞰碧莲沼，小阁正对青萝峰。"便以为极胜之景。余居禅房，颇擅此胜，可傲放翁矣。

余昔在球阳，日则步屧于空潭、碧涧、长松、茂竹之侧[③]；夕则挑灯读白香山、陆放翁之诗。焚香煮茶，延两君子于坐，与之相对，如见其襟怀之澹宕[④]，几欲弃万事而从之游。亦愉悦身心之一助也。

注释

①扣：叩问，询问。

②王右军：王羲之，字逸少，号澹斋，东晋著名书法家。曾

为会稽内史，领右将军，故人称“王右军”。

③屧：木板拖鞋，此处指穿着木板拖鞋散步。

④澹宕：恬静舒畅。

余自四十五岁以后，讲求安心之法。方寸之地，空空洞洞，朗朗惺惺[1]，凡喜怒哀乐、劳苦恐惧之事，决不令之入。譬如制为一城，将城门紧闭，时加防守，惟恐此数者阑入[2]。近来渐觉阑入之时少，主人居其中，乃有安适之象矣。

养身之道，一在慎嗜欲，一在慎饮食，一在慎忿怒，一在慎寒暑，一在慎思索，一在慎烦劳。有一于此，足以致病。安得不时时谨慎耶！

张敦复先生尝言[3]：“古人读《文选》而悟养生之理，得力于两句，曰：‘石蕴玉而山辉，水含珠而川媚[4]。’”此真是至言。尝见兰蕙、芍药之蒂间，必有露珠一点，若此一点为蚁虫所食，则花萎矣。又见笋初出，当晓，则必有露珠数颗在其末，日出，则露复敛而归根，夕则复上。田闲有诗云[5]：“夕看露颗上梢行”是也。若侵晓入园，笋上无露珠，则不成竹，遂取而食之。稻上亦有露，夕现而朝敛，人之元气全在乎此。故《文选》二语，不可不时时体察。得诀固不在多也。

注释

①朗朗惺惺：明朗清醒。

②阑入：擅自进入。

③张敦复：张英，字敦复，号乐圃，清朝名臣，为官清廉，人品端方。

④“石蕴玉而山辉，水含珠而川媚”：语出陆机《文赋》。在此喻人若内在元气充沛，必然在外在气象上显现出来。

⑤田闲：钱澄之，字饮光，一字幼光，晚号田闲老人、西顽道人。明末爱国志士、文学家。

余之所居，仅可容膝，寒则温室拥杂花，暑则垂帘对高槐。所自适于天壤间者，止此耳。然退一步想，我所得于天者已多，因此心平气和，无歆羡，亦无怨尤。此余晚年自得之乐也。

圃翁曰："人心至灵至动，不可过劳，亦不可过逸，惟读书可以养之。"闲适无事之人，镇日不观书，则起居出入，身心无所栖泊，耳目无所安顿，势必心意颠倒，妄想生嗔，处逆境不乐，处顺境亦不乐也。古人有言："扫地焚香，清福已具。其有福者，佐以读书；其无福者，便生他想。"旨哉斯言[1]！且从来拂意之事，自不读书者见之，似为我所独遭，极其难堪。不知古人拂意之事，有百倍于此者，特不细心体验耳[2]！即如东坡先生殁后，遭逢高孝，文字始出，而当时之忧谗畏讥，困顿转徙潮惠之间，且遭跣足涉水，居近牛栏，是何如境界？又如白香山之无嗣，陆放翁之忍饥，皆载在书卷。彼独非千载闻人[3]？而所遇皆如此。诚一平心静观，则人间拂意之事，可以涣然冰释。若不读书，则但见我所遭甚苦，而无穷怨尤嗔忿之心，烧灼不静，其苦为何如耶！故读书为颐养第一事也。

注释

①旨哉斯言：这话说得非常中肯。

②特：只是。

③闻人：闻名的人。

吴下有石琢堂先生之城南老屋。屋有五柳园，颇具泉石之胜，城市之中，而有郊野之观，诚养神之胜地也。有天然之声籁，抑扬顿挫，荡漾余之耳边。群鸟嘤鸣林间时，所发之断断续续声；微风振动树叶时，所发之沙沙簌簌声，和清溪细流流出时，所发之潺潺淙淙声。余泰然仰卧于青葱可爱之草地上，眼望蔚蓝澄澈之穹苍，真是一幅绝妙画图也。以视拙政园[①]，一喧一静，真远胜之。

吾人须于不快乐之中，寻一快乐之方法。先须认清快乐与不快乐之造成，固由于处境之如何，但其主要根苗，还从己心发长耳[②]。同是一人，同处一样之境，甲却能战胜劣境，乙反为劣境所征服。能战胜劣境之人，视劣境所征服之人，较为快乐。所以不必歆羡他人之福，怨恨自己之命。是何异雪上加霜，愈以毁灭人生之一切也。无论如何处境之中，可以不必郁郁，须从郁郁之中，生出希望和快乐之精神。偶与琢堂道及，琢堂亦以为然。

注释

①拙政园：苏州园林中占地面积最大的古典山水园林，江南园林的代表，中国四大名园之一。建于明朝正德年间。借用西晋文人潘岳《闲居赋》中“筑室种树，逍遥自得……灌园鬻蔬，以供朝夕之膳……是亦拙者之为政也”之句为园名，意为浇园种菜乃拙者之政事。

②发长：发生滋长。

家如残秋，身如昃晚[①]，情如剩烟，才如遣电[②]，余不得已而游于画[③]，而狎于诗[④]，竖笔横墨，以自鸣其所喜。亦犹小草无聊，自矜其花；小鸟无奈，自矜其舌。小春之月，一霞始晴，一峰始明，一禽始清，一梅始生，而一诗一画始成。与梅相悦，与禽相得，与峰相立，与霞相揖，画虽拙而或以为工，诗虽苦而自以为甘。四壁已倾，一瓢已敝，无以损其愉悦之胸襟也。

圃翁拟一联，将悬之草堂中："富贵贫贱，总难称意，知足即为称意；山水花竹，无恒主人，得闲便是主人。"其语虽俚，却有至理。天下佳山胜水、名花美竹无限。大约富贵人役于名利，贫贱人役于饥寒，总鲜领略及此者。能知足，能得闲，斯为自得其乐，斯为善于摄生也[⑤]。

注释

①昃晚：傍晚。昃，太阳偏西。

②遣电：闪过的电光。

③游于画：在作画中游乐。

④狎于诗：在作诗中戏玩。

⑤摄生：养生。

心无止息，百忧以感之，众虑以扰之。若风之吹水，使之时起波澜，非所以养寿也。大约从事静坐，初不能妄念尽捐，宜注一念，由一念至于无念，如水之不起波澜。寂定之余，觉有无穷恬淡之意味，愿与世人共之。

阳明先生曰[①]："只要良知真切，虽做举业，不为心累。且如读书时，知强记之心不是[②]，即克去之；有欲速之心不是，即克去之；有夸多斗靡之心不是，即克去之。如此，亦只是终日与圣贤印对，是个纯乎天理之心，任他读书，亦只调摄此心而已，何累之有？"录此以为读书之法。

注释

①阳明先生：王守仁，字伯安，号阳明子，曾筑室于故乡（余姚）阳明洞中，世称阳明先生，故又称王阳明。明代著名哲学家、思想家，陆王心学的创立者和重要代表人物。

②不是：不对。

汤文正公抚吴时[1]，日给惟韭菜。其公子偶市一鸡，公知之，责之曰："恶有士不嚼菜根，而能作百事者哉[2]？"即遣去。奈何世之肉食者流，竭其脂膏，供其口腹，以为分所应尔[3]。不知甘脆肥腻，乃腐肠之药也。大概受病之始，必由饮食不节。俭以养廉，澹以寡欲，安贫之道在是，却疾之方亦在是。余喜食蒜，素不贪屠门之嚼，食物素从省俭。自芸娘之逝，梅花盒亦不复用矣，庶不为汤公所呵乎！

留侯、邺侯之隐于白云乡[4]，刘、阮、陶、李之隐于醉乡[5]，司马长卿以温柔乡隐[6]，希夷先生以睡乡隐[7]，殆有所托而逃焉者也。余谓白云乡，则近于渺茫；醉乡、温柔乡，抑非所以却病而延年；而睡乡为胜矣。妄言息躬，辄造逍遥之境；静寐成梦，旋臻甜适之乡。余时时税驾[8]，咀嚼其味，但不从邯郸道上，向道人借黄粱枕耳[9]。

注释

①汤文正：汤斌，字孔伯，河南睢州人。清初理学名臣，谥号文正。抚吴，指任江苏巡抚。

②恶：哪里，怎么。

③分所应尔：份内该得的。

④留侯、邺侯：留侯，汉代张良的封爵。邺侯，唐朝李泌的封爵。白云乡，传说中神仙所居之地。

⑤刘、阮、陶、李：指刘伶、阮籍、陶渊明、李白。

⑥司马长卿：司马相如。温柔乡：指美色。

⑦希夷先生：陈抟，字图南，自号扶摇子，宋太宗赐号希夷先生，唐末、五代隐士。

⑧税驾：解驾、停车，比喻休息或归宿。

⑨黄粱枕：典出于唐代沈既济的传奇《枕中记》，明代汤显祖改编为昆曲《邯郸记》。

养生之道，莫大于眠食。菜根粗粝，但食之甘美，即胜于珍馔也。眠亦不在多寝，但实得神凝梦甜，即片刻，亦足摄生也。放翁每以美睡为乐，然睡亦有诀。孙真人云："能息心，自瞑目。"蔡西山云："先睡心，后睡眼。"此真未发之妙。禅师告余，伏气[1]，有三种眠法：病龙眠，屈其膝也；寒猿眠，抱其膝也；龟鹤眠，踵其膝也。余少时，见先君子于午餐之后，小睡片刻，灯后治事，精神焕发。余近日亦思法之，午餐后，于竹床小睡，入夜果觉清爽。益信吾父之所为，一一皆可为法。

余不为僧，而有僧意。自芸之殁，一切世味，皆生厌心；一切世缘，皆生悲想。奈何颠倒不自痛悔耶[2]！近年与老僧共话无生，而生趣始得。稽首世尊[3]，少忏宿愆[4]，献佛以诗，餐僧以画。画性宜静，诗性宜孤，即诗与画，必悟禅机，始臻超脱也。

注释

①伏气：调理呼吸。

②颠倒：反反复复。

③世尊：佛教徒对佛祖释迦摩尼的尊称。

④宿愆：佛教术语，指前世的罪孽。